沈没してゆく アメリカ号を彼岸から見て

エマニュエル・パストリッチ
Emanuel Pastreich

ハーバード大学パストリッチ博士の日韓漂流記

論　創　社

まえがき

この本を開いてくれた読者に、まず私のことを簡単に紹介しましょう。私はアメリカ生まれで、子供の頃から東洋の文化に関心を持ちました。米・イェール大（学部）、東京大学（修士）ハーバード大学（博士過程）を通して日中韓の通俗小説を研究し、日本では上田秋成[1]と曲亭馬琴[2]などの読本と漢文小説についての論文も書きました。

その後、私はアメリカと韓国の大学で教えてきました。日本語だけでなく、韓国語や中国語も話します。

米・イリノイ大学では学生に日本語と日本文化を教える一方で、一般市民や政治家たちに日本や韓国をはじめとするアジア文化の重要性を伝えようとしてきました。韓国では『韓国人だけが知らない大韓民国』がベストセラーとなり、朴槿恵《パククネ》大統領（当時）の愛読書として注目を浴びた経験もあります。二〇一九年に日本で出版した『武器よさらば：地球温暖化の危機と憲法九条』は、日本の平和憲法の価値を再評価するもので、多くの雑誌や新聞に取り上げられました。

変わった経歴だと思われるかも知れません。長い間、東洋の文化を学び、教えてきた私がなぜこの本を書こうと思ったのでしょうか。私は日本と韓国に実際に住み、家族も持ちました。文化と文学に対する研究や生活を通じて、日韓両国の問題に深い関心を抱いています。

二〇二五年は、両国が長い不幸な時期を経て、国交を正常化してから六〇年の節目に当たります。

私は韓国・文在寅政権（二〇一七から二〇二二年）下で顕著になった反日的レトリックに対して批判し、両国の関係改善のためには、より多くの人々が対話の場に参加する必要があると感じました。経済や貿易に比べて、それ以上に人的交流が重要です。

特に、日本と韓国の専門家や一般市民が対話を通じて歴史問題と現代の関連性について話し合う機会が必要です。これにより、政府高官による合意が真に意味を持つものとなり、日韓関係の改善に寄与すると考えています。

日韓両国は、私にとって故郷のような存在です。両国に住み、その文化を深く研究した者として、ここ数年の対立は心を痛めるものでした。両国関係の将来を「私の夢」と題してまとめました。

日本の帝国主義に勇気をもって立ち向かい、犠牲になった日本の幸徳秋水(3)や、小林多喜二(4)らに韓国の歴史家が敬意を表し、韓国の歴史博物館でも彼らを顕彰することです。

逆に日本人が科学技術政策を考える時に、韓国の世宗大王(5)の知恵に学び、古代韓国の優秀な行政の事例を参考にすることです。

日韓関係の改善の前提となるのは、実はアメリカとの関係です。

今、戦争への準備が、アメリカ人と日本人を結びつける最善の方法だと考える人が増えています。南北朝鮮の間も緊張しています。

はっきりさせておきたいことがあります。新聞はアメリカ人と日本人がかつてないほど親密になっていると伝えていますが、実際の日本人とアメリカ人の交流は極めて少ないのです。政府高官や企業のトップが握手をしているだけです。逆に市民同士の実際のつながりは薄れつつあります。

これは明らかに、危険で誤った道です。私たちはそれを避けなければなりません。イタリアの哲学者アントニオ・グラムシは、このような時期を歴史における「インターレグナム」、つまり「ある統治体制と次の統治体制の間にある曖昧（あいまい）な時期」と呼びました。彼はこのような時期について、こう書いています。

古い世界は死につつあり、新しい世界が生まれようとしている。

今までの体制が終わり、新しい体制がまだ見えない混乱の時代は怪獣が現れる時代である。

その通りだと思います。

大学の教授として日米関係を高めるために尽力してきた私にとって、現在の日米関係は深い失望以外にありませんが、驚くべきことではないでしょう。アメリカが日本に企業の支配を押し付け、日本を危険な海外戦争に引きずり込もうとしているのはまぎれもない事実です。

重要なことは、日本が独自の軍国経済を築き、世界中で戦争と武器販売を推進し、アメリカと対等になることではありません。日本が、そしてアメリカが平和時の経済に戻ることです。

日米両国の関係の基盤は、戦争ではなく平和の上に築かれるべきです。機械やコンピュータではなく人間性に、コンクリートやプラスチックや鉄鋼ではなく、自然に置かれるべきです。そして人間の心の奥底を探る知的探求に基づく、新たで強固な関係を目指すべきです。半導体の開発よりも、良心と真実の追求が重要です。本書は日本を中心に書いていますが、アメリカと同盟関係にある韓国にも当てはまる事柄です。

さらに、日米関係の基軸となっている日米安全保障条約の下で開催されている日米合同委員会についても改善するよう求めています。この委員会は、日米地位協定の運用に関する協議を行うもので、その内容は原則、非公開ですが、思い切って「平和委員会」という名称に変えるべきです。委員会の透明性を高めて、東アジアの平和体制の構築を目指すべきです。

それらの主張を伝えるために、まず私自身の個人的な活動から始めるのが最善だと考えました。アメリカでは、日本をはじめとするアジアの文化を教えることが軽視されています。むしろアジアを重視することを嫌う傾向が強まっています。それに抵抗した私は、煙たがられ、職を追われました。しかし、後悔はしていません。

韓国でも、歴史問題などで日韓の友好を敵視する人たちがいます。残念なことですが、結局のところ、最も強い絆は個人同士のものであり、文化に基づくものだと思います。

本書は、私が東洋に関心を持ち、勉強してきたこれまでの歩みをたどっています。さらに、日本や韓国での経験に触れています。それを踏まえ、アメリカと日本の関係について具体的な提言を行っています。本書が日本とアメリカ、そして韓国との関係を真剣に考える人たちの道しるべになることを祈っています。（本書には作家や学者、書籍などの名前が数多く出てきますが、学術書ではないため、各項目の説明は最小限にとどめています。肩書き、価格は当時のものです）

（1）江戸時代後期の読本作者、歌人。著書に怪異小説『雨月物語』。
（2）江戸時代後期の読本作者。著書に『南総里見八犬伝』。
（3）平民新聞を発行し、政府を批判。大逆事件で逮捕、処刑された。
（4）プロレタリア文学の代表的な小説家。著書に『蟹工船』。逮捕後に虐殺された。
（5）朝鮮王朝の第4代王、ハングルの創始者として知られる。

沈没してゆくアメリカ号を彼岸から見て
――ハーバード大学パストリッチ博士の日韓漂流記

目次

第一章——テレビの中の日本

私は初対面の日本人から年齢を聞かれると、「東京オリンピックの年」である一九六四年生まれと答えるのが習慣になっている。私の人生は、この年の十月に始まった。二〇二四年で六〇歳になった。その後、日本はテクノロジーと国際貿易の発展、近代化イデオロギーの受容、個人消費者の経験に基づくモデルで発展を遂げたが、一九八七年から一九九二年のバブル期をピークに、不確実性と方向性の欠如という現実に突き落とされた。私の人生は、まさにその軌跡と重なっていた。

私がアメリカ南東部のテネシー州ナッシュビルで生まれた十月十六日は、まさに東京オリンピック（十月十日〜二十四日）の真っ最中であり、アメリカ大統領のジョン・F・ケネディ暗殺から一年後でもあった。

大英帝国がそうであったように、世界を支配する軍国主義国家を推し進めようとするアメリカ内の暗黒勢力によってケネディは暗殺されたのだ。この暗殺によって、アメリカは深い倦怠感と国内への極端な富の集中が進んだ。さらに、終わりのない対外戦争の時代に入ることになった。

このように、日本がどうなるのか、アメリカがどうなるのかという問題は、私自身の人生と密接に結びついていた。

中西部ミズーリ州セントルイスに引っ越した子供の頃、私の家や近所では、日本やアジア全般の文化をあまり目にすることはなかった。私の母はルクセンブルク（ベルギー、フランス、ドイツに囲まれたヨーロッパ西部の内陸国）で育ち、ヨーロッパ絵画に深い関心を持っていた。父はセントルイス交響楽団の事務局長で、クラシック音楽を私たちの生活の中心に据えていた。小さな我が家でアジアの国といえば、インドくらいだった。母は若い頃インドに数年住んでいたことがあり、インドの神々の小さな像をいくつか持っていて、私と弟のために時々、インドカレーを作ってくれた。

しかし、日本文化は私の人生の初期に、確かに存在していた。やがて、西洋文明に代わる文化として、ますます魅力的なものとなっていった。アメリカの消費文化、アメリカの対外戦争、アメリカの傲慢さ、世界支配を夢見る西洋人の姿を知るにつれ、西洋文明は私にとってますます魅力的ではなくなっていった。

小さい頃、テレビを通して日本の断片が私の人生に最も直接的に入り込んできた。私は五歳の時に背骨の腫瘍の手術を受け、回復のために一ヵ月以上寝たきりになった。祖母が日本製のSONYの小さなポータブルテレビを買ってくれたおかげで、夜遅くまでベッドで映画を見ることができた。その映画の多くは日本の怪獣映画で、子供向けテレビ番組もいろいろあった。アメリカの子供たちが、いかに影響を受けたか驚く人も多いかもしれない。

1 マッハGoGoGo

例えば、私は「マッハGoGoGo」に魅了された。若きレーシングドライバーが、その頭の良さ、素早い動き、そして武術を駆使して、自分を破滅させようとする犯罪組織に打ち勝つというエキサイティングな物語だ。このアニメシリーズは、たった一人の人間が途方もない障害を乗り越える勇気を私に与えてくれるように思えた。また、スピードレーサーに無限のテクノロジーを提供する。それは、技術開発によって人生を向上させる可能性も秘めていた。

このアニメは、私がジェームズ・ボンドのさまざまな映画で目にすることになる、テクノロジーと人間の大胆さを、より人間的に、より身近にしたものだった。しかし、ジェームズ・ボンドとは違って、彼の努力は常に大きなチームの一部であり、私はそこに大きな魅力を感じた。だから、子供の私にとって日本は遠い異質なものではなく、むしろ身近なものだった。

「ウルトラマン」は一九七〇年代、私の世代の子どもたちの間で人気を博した。おそらくそれは、とてもモダンでエキサイティングでありながら、私たちの周囲にいる人々とはまったく異なるアジア系の人々が登場したからだろう。金属製でありながら人間的な振る舞いをし、思いやりと忠誠心を持ち、空を飛んでさまざまな怪獣から人類を救い、どんな緊急要請にも応じることができるこのユニークなスーパーヒーローのウルトラマンは、なぜか私たちが怪獣との偉大な戦いの中心に立てる可能性を提示していた。同時に、ウルトラマンは怪獣との戦いの中で人間に助けられ、次々と現れる新怪獣を倒すために人間の新技術を駆使した。ウルトラマンにはテクノロジーと人間の組織が必要だったのだ。子供の頃の私にとってのウルトラマンの魅力は、怪獣との戦いが永遠に続くことだった。

ウルトラマンは、これまで見たこともないような怪獣たちと戦った。一つの怪物が倒されると、すぐに新しい怪物が現れる。

その後、中国文学を専攻する大学院生として、中国の小説『西遊記』を読む機会があり、この絶え間ない怪獣との戦いが仏教的に深い意味を持つことを知った。大学院生として西遊記を研究していた時、私は、主人公の猿の神・孫悟空の前に何度も何度も繰り返し現れる怪物は、私たちが欲望や執着の結果、人生の中で常に幻想や想像の怪物と戦っていることを表しているのだと理解するようになった。ウルトラマンの背後にある仏教的メッセージを理解できるようになって、私はウルトラマンをより深く理解するようになった。現代社会を美化しながら。その限界を伝えようとしていると感じた。

ウルトラマンの終わりなき戦いは、テクノロジーの途方もない発展を感じさせると同時に、私たちが直面する問題に対してテクノロジーが本当に解決策を提供するものなのか、という疑問を私に抱かせた。

ジャイアントロボ

私が小さい頃に見ていたもう一つの番組を紹介しよう。SFアニメ「ジャイアントロボ」だ。エジプトのファラオのような頭飾りをつけた巨大な鋼鉄のロボットが、人類文明を襲う怪物を倒すために空を飛ぶ物語である。

このロボットは、少年の命令に従って悪と戦った。少年は、特殊なマイクを使ってロボットに命令を出し、この驚異的なテクノロジーをコントロールすることができた。強力なロボットの行動における少年の積極的な役割によって、私は自分もこのプロジェクトの一員であると考えることができた。

ロボットには技術革新によって、どんな困難も克服できるとする日本の楽観論が反映していた。これらの番組におけるロボットと怪獣の戦いでは、歌舞伎や能楽のような儀式的な性質を持っていた。戦いは象徴的な力によって推進され、宇宙の未来をめぐる闘いの内幕を表すと同時に、私たちの日常生活を悩ませ、あちこちに出現し続ける怪獣との内的な闘いでもあった。怪獣は社会の矛盾を意味した。

その闘いは、私のような日本とは縁もゆかりもない子供たちにとって興味深いものだった。というのも、この作品には現代的なテクノロジーが盛り込まれ、何か根本的に新しく、これまでとは違うものが生まれるという期待感があったからだ。

ロボットも、ロボットが戦う相手も、角やトゲのある奇妙な頭飾りを身にまとっていた。これは、侍の甲冑《かっちゅう》を模したものだと知ることになる。そのため、私が日本研究、特に『葉隠』（江戸時代中期に書かれた書物。藩主に仕える者の心構えや習慣に関する知識を集めたもので、ビジネス書としても読まれている）を通して知ったサムライ文化に奇妙な親しみを覚えたのは、幼少期に見た日本のテレビ番組の影響だっただろう。

ゴジラが体現していたもの

ゴジラは近代化の暗黒面を象徴する怪獣であり、汚染や放射能の危険性、そして海の底から這い出てきて、私たちが新しい理想的なライフスタイルの象徴だと考えていた近代都市を破壊する未知の力を持つ。

ゴジラが車やバスを踏みつけ、橋を切り裂き、高層ビルを突き破り、爆弾やミサイルにかまわず海を泳ぎながら、東京の都市景観の中を逃げ回る何千人もの人々の姿に、私は釘付けになった。ゴジラはまるで、ヒンドゥー教の重要な神である「シヴァ神」のようであり、未知の罪を犯した私たちを罰するために遣わされた偉大な破壊者のように思えた。原爆計画主要人物のオッペンハイマー博士は近年公開された映画でいう。〝今や我は死なり、世界を破壊するものシヴァ神なり〟と。

ゴジラの東京攻撃は、一九四五年三月のアメリカによる東京大空襲を象徴しており、アメリカの原爆投下の結果も示唆していた。

ゴジラは、現代社会が根本的に何か間違っていることを暗示していた。

ゴジラは全人類を敵に回した。私たちの快適な生活が何か恐ろしい、しかし、目に見えない別の現実の結果であることを教えようとしていた。ゴジラは公害、放射能、戦争の象徴であると同時に、人間の醜い潜在意識でもあったのだ。ゴジラはコロナのように私たちに取り憑いた悪霊だった。

重要なことは、まさにこの時期、私がゴジラやその他の日本の怪獣映画を見ていた一九七〇年頃、アメリカ社会はベトナム戦争抗議デモによる国内の混乱で根底から揺さぶられていたということだ。私たち家族はセントルイスにあるワシントン大学の近くに住んでいて、地下の部屋を大学生に貸していた。アメリカは何かひどくおかしいと漠然と感じていた。家の裏の電柱に学生たちが貼ったポスターには、ベトナムやカンボジアで米軍が投下したナパーム弾で焼かれ、泣き叫ぶ子供たちが描かれていた。

私の両親は、ベトナム戦争やアメリカの役割について、私にひとことも説明しなかった。これらのイメージは私を大いに悩ませた。私たちはアメリカで理想的な家族生活を送っているはずなのに、なぜか遠く離れた場所で、私たちに関係する恐ろしいことが起こっていた。

しかもその戦争は、日本に直接関係していた。日本の急成長は朝鮮戦争やベトナム戦争に結びついていた。私はのちに、そのことを知ることになる。戦争や破壊と結びつき、必要な成長を遂げるために争いを必要とする経済システムを持つことは、私たちにとって良いことなのだろうか。

戦争と破壊を要求する、アメリカがその中心に立っていた戦争主導の世界システムには、根本的に何か問題があるのではないか。イラクやアフガニスタンでゴジラのような行動をとったのは、アメリカ人の知らないアメリカ文化の一部なのか。疑問が膨らみ、私が子供の頃に見た日本のテレビ番組や映画が思い起こされた。

私の家の地下室を借りていた学生の一人に、シルヴィアがいた。彼女はとても親切な大学院生で、よく私と弟の相手をしてくれたし、八歳の私に世界情勢について真剣に語りかけてくれた。彼女は、私の国で何が起きているのか、アメリカがその傲慢さと貪欲さから、ベトナムでいかに混乱を引き起こしたかについて、私にいくつかのヒントを与えてくれた。

シルヴィアは私の家から歩いてすぐのワシントン大学で、東アジア学を専攻していた。彼女は私たちに、仏教や儒教に関する本を見せてくれ、仏教や神道を含むアジアの文化について説明してくれた。私は彼女が何を話しているのか十分理解できなかったが、彼女が手作りの寿司やキムチを私にくれたことを鮮明に覚えている。

ワシントン大学の文化祭

ある夜、シルヴィアは私をワシントン大学の文化祭に連れて行ってくれた。そこでは大学院生たちがアジア料理を作り、日本、韓国、インド、中国、タイの伝統的な衣装を着てアジアの踊りを披露していた。私は見慣れない魅力的な文化に魅了された。不思議な味のタレに漬けた照り焼きチキン、夏の夕方、木々に吊るされた色鮮やかな日本の提灯もあった。

学生たちが私たちのために料理を用意し、踊りを披露する時に着ていた水色の浴衣ドレス、そして学生の一人が持参し、ダンサーのために叩いた太鼓のことは、はっきりと覚えている。キャンパス中に吊り下げられた提灯から放たれる光の斑点は、別世界のアジア、特に日本を思い浮かばせた。

あの大学院生たちが日本舞踊や音楽をうまくやったかどうかは疑問だが、それ以上にこのイベントは魔法のようだった。

また、「A Boy's Life in changing Japan」（一九六三年）という映画が、旧式の映写機を使って小学校で何度か上映されたのを覚えている。その映画は、神社、仏閣、巫女、親孝行といった日本の古い伝統に従いつつ、東京の下町の近代的なビル群のシーンも交えて、少年の日本での生活を紹介していた。私が鮮明に覚えているのは、少年が凧を持って走っていると、突然糸が切れて凧が空に舞い上がるシーンだ。そして映画は、凧が舞い上がる視点、つまり日本の町を上空から映し出していた。この映画は現在、YouTube上で見ることができる。

私は小学生の時、色紙を丁寧に折って動物を作る折り紙を教わったことがある。折り紙が日本のものであることはよく理解していなかったが、楽しくて珍しいものであることは確かだった。折り紙の指示に正確に従うと、その紙から突然、ウサギや鳥、馬や豚などの動物が現れることに驚いた。私には魔法のように思えた。

古代の知恵に従って、私は創造的な力を与えられたのだ。他の学生たちと一緒に紙から動物を作る機会が三、四回あったが、そのときは、古代の折り方のパターンに従って紙を折ることで、魔法のように変化させることができるという、自分自身の強さを感じることができた。

折り紙が私の中で日本と結びついていたのは、一九七七年に出版されたアメリカ人作家エレノア・コアの絵本『サダコと千羽鶴』を読んだからだ。当時は原爆についてよく理解していなかったが、広島の佐々木禎子が原爆の放射線による白血病で死に向かう。私も幼い頃に腫瘍を患い、入院した経験があるため、彼女の境遇には共感を覚えた。しかし、彼女の死は、私の理解を超えた謎の原爆と結びついていた。

一九七九年、高校入学当初にこの物語を読んだ時、非常に不可思議に思った。私は、原子兵器の使用がアメリカ、そして世界にとって持つ真の意味について深く考えるようになり、核兵器の危険性、そしてアメリカが安全保障という破壊的な概念から脱却する必要性について考え、文章にするようになった。

セントルイスでは日本食は非常に珍しかった。家の近くにランタン・ハウスという安い中華料理屋があり、家族で三ヵ月に一回くらい行った。セントルイスで日本食を食べたのは二回だけだった。

セントルイスには、日本人女性が経営する日本食レストランが一軒あり、市内で最も高級なアパートの一階にあった。「ミカド」と呼ばれたその店を、私は決して忘れることはなかった。いつも満席で、にぎやかさにあふれた中華料理店とは違って、ミカドは神聖な空間だった。家具、襖《ふすま》や屏風《びょうぶ》、皿やカップの一つひとつが、芸術作品として細心の注意を払って置かれていた。

ミカドでみた天ぷら

ミカドを経営していた重村アンナは、夫とともにロサンゼルスで働いていたが、第二次世界大戦中、二人の子どもとともにワイオミング州にあるハートマウンテン移住センターに入れられた。そこは、有刺鉄線に囲まれていた。この移住センターにはアメリカ西海岸の居住者を中心に日系アメリカ人一万人以上が収容された。

戦後、移住センターから出ることを許された彼女はセントルイスに移り住み、エレガントなレストランを始めた。ウェイトレスはすべて日本人女性で、その多くは近くのスコット空軍基地のアメリカ人兵士と結婚していた。彼女はすき焼き、天ぷら、照り焼きの他、小さなパラソルと果物が乗った奇妙な飲み物を提供した。

ミカドのようなレストランは見たことがなかった。屏風や、そこに描かれた鳥や竹の絵は見たこともないものだった。侍の鎧兜《よろいかぶと》は、私が見たテレビ番組のロボットのようでもあり、中世ヨーロッパのもののようでもあった。

一番はっきり覚えているのは天ぷらで、エビ、キノコ、蓮根、ナスが繊細に、完璧に揚げられていた。初めての味だった。そして、その豪華な環境は、私をどこか遠い国の皇帝になったような気分にさせた。

客を出迎えた女性は、私が初めて目にした着物姿で、入店する客にうやうやしく頭を下げた。今日彼女を見たら、さして珍しくはない。しかし、当時彼女は、即物的で表面的な西洋文化と明確に対立する、数千年にわたる日本文化の力を象徴している気がした。

春になると、ミズーリ植物園の桜を学校の友達と一緒に見に行った。この美しい花木は、私たちにとって特別な楽しみであり、地平線の彼方のどこか遠い国を思わせるものだった。

十九世紀にドイツ人が入植したセントルイスでは、日本は中心的な存在ではなかった。私の母の親友が盆栽のカエデの木を長年、複雑な決まりに従って大切に育てていた。その木は、まるで成長した木のように見えたが、高さはちょうど八歳の私の背丈と同じくらいで、その圧縮の美は見る者を魅了した。私はこの木がどこか日本のものであること、そして日本人は何か魔法のような能力によって、テレビや自動車と同じように小さな木を作ることができることを知っていた。

小さなスペースに完全な形のものを作り出すという、その日本独特の能力は、私のキャリアを通して私を魅了し続け、最も小さなスペースに無限の完全性を見出すという途方もない可能性を見せてくれた。

2

サンフランシスコへの引っ越し

高校一年生の時、サンフランシスコに移り住んだ。父がサンフランシスコ交響楽団の事務局長に着任することになったためだ。私は一九七九年、高校入学を機に平坦で、海からも遠かったセントルイスと違い、急勾配の丘の上に築かれたサンフランシスコに魅了された。海のすぐそばに精巧なビクトリア様式の木造家屋が立ち並ぶ点にも魅力を感じ、建築家になりたいと思うようになった。

日本食レストランがたくさんあり、日系アメリカ人も多いサンフランシスコのアジア文化に惹かれるようになった。セントルイスには、ミカド・レストランのウェイトレス以外に日本人はいなかった。しかし、サンフランシスコでは、あちこちに漢字を見かけた。十四歳の私には理解できないし、見たこともない奇妙なマークのようだった。

サンフランシスコのギアリー大通りとラグナ通りにあるショッピングセンター、ジャパンタウンには、日本の洋服、家具、化粧品、お菓子、惣菜などを売る店がたくさんあった。当時のジャパンタウンは今とはかなり違っていた。ほとんどの店が日系アメリカ人によって経営されており、売られている商品の大半は日本からの直輸入品か、アメリカ国内の日系企業によって製造されたものだった。現在、ジャパンタウンの店舗はたいてい韓国人、中国人、ベトナム人が経営しており、日本風に見える商品は中国やタイで製造された、はるかに質の低いものになっている。

寿司との出会い

私は当時、サンフランシスコで出会った日本食の中でも寿司が大好きだった。父に連れられてジャパンタウンの小さなレストランに寿司を食べに行った。寿司職人が目の前で芸術的なセンスで包丁をふるう様子に魅了された。

何度か通ううちに、私はほとんどの寿司を日本語で注文できるようになり、「エビ」「マグロ」「ハマチ」「ウナギ」と流暢に言えるようになった。生姜は今まで味わったことのないもので、寿司と同じくらい興味をそそられた。

出された緑茶も気に入った。お湯を入れると、鮮やかで力強い味がした。

父はインド茶の大ファンで、家にもかなりのコレクションがあったが、この緑茶はインド茶とは根本的に違っていて、ある種の活力とエネルギーを含んでおり私のハートをつかんだ。

その数年後、父は交響楽団のゲスト・アーティストをコンサート後のディナーに連れ出し、「浜っ子」という名の小さな寿司屋で食事をするようになった。看板もメニューもなく、テーブルも四つか五つしかなかった。オーナーの樫山哲夫と淳子が二人で切り盛りしていた。父はヴァイオリニストのアイザック・スターンとイツァーク・パールマン、チェリストであるヨーヨー・マなどの著名な音楽家を頻繁に食事に連れて行った。樫山の息子、浩二は私の高校時代の同級生で、後輩だった娘の祥子は長年ヨーヨー・マの下で働いていた。

アジア系が多かったローウェル高校

私の人生で最も大きな変化は、サンフランシスコの公立高校に入学したことだった。ローウェル高校というその高校は、非常に競争の激しい高校として有名で、アジア系アメリカ人の割合が七〇％を超えていた。つまり、私のような白人は少数派だった。ローウェル高校には、日系アメリカ人、中国系アメリカ人、韓国系アメリカ人、フィリピン系アメリカ人の集まりがあった。実際にアジア語を話す学生は少なかったが、私はアジア人に囲まれることに慣れ、ある意味、アジア人のそばが一番居心地いいと感じるようになった。実際、その後の人生でも、ワシントンのイベントで見かけるアジア人に惹かれる傾向があった。彼らとのほうが話しやすいと確信していたからだ。

ローウェル高校にはアジア系アメリカ人の友人がたくさんいたが、私は関心はあったがまだ深く考えるまでにはなっていなかった。とはいえ、生徒たちが活動資金集めにアジア食品を売っているのを見ると興味をそそられ、私も時々食べてみた。

私に最も影響を与え、日本語を真剣に勉強するように勧めてくれた高校の日系アメリカ人は、村瀬エミリーだった。彼女は私が数人の友人と結成した哲学クラブの活発なメンバーだった。私たちは哲学の名著を読み、社会のあり方や人生の意味について語り合った。過去の偉大な頭脳の洞察に触れながら、自分の内面にある恐れや心配の多くを表現することができた。

私たちが読んだ作品はアジアとはあまり関係がなかったが、エミリーは母親が日本で生まれ、父親の家族は第二次世界大戦中に収容所に入れられた。家では日本語を話し、日本文化をよく理解していたという点でユニークだった。彼女は時折、私たちに日本哲学の断片を教えてくれ、哲学に対するまったく異なる視点を示唆してくれた。

日本を教えてくれたエミリー

エミリーは、学生時代も、その後のキャリアにおいても、卓越したネットワーカーであり、幅広いアジア系アメリカ人コミュニティとのつながりや交流の重要性を信じていた。私の高校にいた中国系や韓国系アメリカ人の生徒たち以上に、彼女は汎アジア的な文明概念と信念に興味を持っていた。

彼女は日本語も堪能で、日本に一年間留学した。それはちょうど私が台湾に留学したのと同じ時期でもあった。その間、私たち二人は、海外生活について文通をした。他の日系アメリカ人とは異なり、彼女は日本語をよく知ることを優先していた。日本や、彼女の両親が日系アメリカ人として経験したこと（前の世代の収容体験も含む）が、私たちの議論の中で話題に上った。

エミリーとのやりとりから、日本には中国と同じくらい重要な独自の深い伝統があり、その文化は中国から派生したものではないことを感じた。エミリーは、第二次世界大戦中の自分の家族に対する不当な扱いや、アメリカに根強く残る日本文化に対する意図的な誤解を解くため、ひたむきな闘争を続けた。その様子に私は興味を覚えた。

第二次世界大戦中、ドイツ系アメリカ人には干渉せず、日系アメリカ人だけが強制収容された話が、エミリーのような日系アメリカ人との会話の中で何度か出てきた。

エミリーはその後、サンフランシスコの政治に深く関わり、ジャパンタウン・タスクフォースのエグゼクティブ・ディレクターとして、私が子供の頃に大好きだったジャパンタウンの活性化に取り組んだ。エミリーは、サンフランシスコ教育委員会で史上初の日系人委員に選出され、長年にわたり教育政策の中心的役割を果たした。

強制収容の歴史に驚く

一九八一年、父の弟であるビル叔父がサンフランシスコの私たちを訪ねてきた。ビル叔父は左翼主義者で、労働運動や貧困層の運動づくりに非常に積極的だった。ジェフという労働運動の師匠の一人と夕食をともにした。ジェフはビルよりずっと年上の男性で、一九五〇年代から貧しい人々の正義のためにさまざまな全国キャンペーンに参加してきた。

ジェフが政治に関わるようになったのは、アメリカ政府が、第二次世界大戦中に日系アメリカ人に対して、公然と不公平で人種差別的な政策を取っていたことに衝撃を受けたからだ。それまでアメリカにはほぼ完璧な制度があると思い込んでいた彼は、アメリカに住むアメリカ市民である日系アメリカ人が嫌がらせや暴行を受け、故郷から遠く離れた強制収容所に送られるという違法かつ不道徳な行為を知った。彼らの多くは財産を失い、家族はバラバラにされ、自分たちの文化を恥じることを教えられた。

アメリカで日系アメリカ人が受けた待遇は、一時代前のドイツ人がユダヤ人に行ったひどい仕打ちほど深刻ではないように思えた。それでも、ひどい差別やアジア文化に対する不合理な不信感を克服するために、根本的な変革が求められていることを認識させられた。

西海岸から集められた十二万人の日本人移民と日系アメリカ人は、息子たちが徴兵され、戦争で戦い、死んでいったにもかかわらず、収容所に入れられた。

エミリーが育ったカリフォルニア州では、日系人が所有する土地の多くが接収された。

さらに、日本に対する政府の憎悪に満ちたプロパガンダは、多くのアメリカ人に、すべての日本人は敵として扱われるべきであると思わせ、それは今日まで続く、根深い憤りをもたらした。

アジア系アメリカ人への攻撃

現在、アメリカにおける一握りの富裕層や権力者が、この国にひどい混乱をもたらした。彼らはそのツケを、アジア系アメリカ人になすりつけようとした。私は、そうした狡猾で不吉な努力を深く認識していた。

アジア系アメリカ人に対する攻撃はいたるところで行われており、金持ちに対抗する統一戦線ではなく、エスニック・グループ間の対立を起こそうとする卑劣な人物たちによって画策されている。こうした攻撃は暴力的な場合もあるが、それ以上に、アジア系アメリカ人に法的・制度的な障壁を作り出し、疑心暗鬼のムードを作り出そうとする巧妙な画策であることが多い。

今日の焦点は中国人と中国系アメリカ人に移っている。すべての中国人は安全保障上のリスクであり、潜在的なスパイであるという根拠のない思い込みによって、中国人がアメリカで学び、移住することは根本的に制限されている。こうした攻撃は、何世代にもわたってアメリカに住んでいる中国系アメリカ人にまで及んでいる。

その結果、中国系アメリカ人は不誠実であるという微妙な、そして露骨な告発がなされている。つまり、中国系アメリカ人は機密とされる仕事（特にテクノロジー分野）に就けず、昇進もできず、政府機関で働くこともできない。状況は急速に悪化している。しかし、私たちは中国系アメリカ人に対する攻撃について間違えてはならない。これらはすべてのアメリカ人の権利に対する重大な攻撃であり、我々はあらゆる面で中国系アメリカ人とともに立ち向かわなければならない。

中国人への攻撃の流れは一八八二年に成立した中国人排斥法に遡ることができる。この法律は中国人のアメリカへのすべての移民を阻止し、渡航を制限する人種差別的な取り組みであったことを忘れてはならない。これは明白な違憲行為であり、アメリカにおける中国人に対する、そして百年にわたる、すべてのアジア人に対する広範な人種差別的行動につながるものだ。

中国人排斥法は、十九世紀の「黄禍恐怖症」と呼ばれるものから発展したものだ。メディアは、中国人やアジア人がアメリカを破壊する、危険で得体の知れない文明を持っていると主張した。この人種差別的な恐怖政治は、アメリカの労働者の苦しみ、富裕層や権力者以外に見つけようとするエリートたちの産物だった。

当時からアジアからの移民は制限されていたが、アメリカの未来は、この法律によって人種差別が決定的になった。もしアジアからの移民が、東ヨーロッパやイタリアからの移民と同じように許可されていたら、アメリカはまったく異なる国家になっていただろう。

近年、アジア系アメリカ人に危険な外国人という烙印を押そうとする動きが、この国のあちこちで起こっている。私は多くの親しいアジア系アメリカ人の友人を持ち、アジアの言語を話し、アジアがアメリカの未来だと信じている。金持ちや権力者が反アジアのレトリックを使って欺き、分裂させることを許すことができない。

日本への過剰な反応

サンフランシスコでの経験や高校での経験を通じて、日本の断片が私の中に入り込んできた。同時に、経済的な面で日本が目につくようになってきた。

我が家には、私が小さい頃に見ていたソニーのミニテレビをはじめ、日本製のテレビが何台もあった。父はホンダを買って一〇年以上乗り、多くの友人が日本車を買った。それに伴って、日本の不公正な貿易慣行に関する議論がメディアに拡散した。アメリカの自動車労働者がハンマーで日本車を破壊する映像が流れるようになった。

一九八二年六月十九日、デトロイトで育った二十七歳の中国系アメリカ人、ビンセント・チン(陳果仁)が、日本人だと勘違いした二人の自動車労働者によって野球のバットで殴り殺された。二人は自分たちの経済的苦しみを日本のせいだと非難していた。チンが殺されたのは、予定していた結婚式の数日前だった。その盲目的な反アジア感情は、アジア文化を理解し、それをアメリカ人に紹介することを使命と考えていた私のような人間にとって、深く心に突き刺さった。

正直に言うと、私自身も日本が台頭することへの反発する感情を持っていた。クライド・V・プレストウィッツの『Trading Places』（一九八八年）のような日本の台頭に関する本を読みながら、日本がアメリカに対して不公平ではないかという大きな懸念を抱くようになった。いかに日本人がアメリカの開かれた市場を組織的に利用し、アメリカの技術分野を支配してきたかという物語は、私にとって非常に刺激的だった。

しかし、キャリアを積んでいくうちに、私はそのプロセスをまったく違った見方で見るようになった。日本が開放的なアメリカ市場を利用する一方で、日本市場は閉鎖的なままであったのは事実だが、その経済的影響は、アメリカ国民というよりはアメリカの多国籍企業に及んでいた。アメリカ企業は、金儲けとアメリカ人労働者の経済的地位を弱める方法として、日本に、そして他の国々に仕事をアウトソーシング（外部委託）した。それに合わせ、アメリカは日本を、自国の安全保障システムの中に閉じ込めた。

アメリカに依存する日本

その結果、日本は国際政策の多くをアメリカに依存するようになり、アメリカから武器を購入することを余儀なくされ、日本の最高レベルの政治家の間に多大な不安を生み出した。もし日米関係がもっと平等で公平で、透明なものであったなら、日本人はこれほど急速に収入源を拡大する必要性を感じなかっただろう。さらに、すべての問題は、利益と金銭が最高の価値であるという社会の概念と結びついていた。私はこの欠陥だらけの価値観こそが、アメリカが抱える問題の元凶だと考えるようになった。

アメリカが日米安全保障条約（一九六〇年に締結され、日米同盟の基盤となっている）や、日米合同委員会（両国の代表が在日米軍の運用などを協議する）をどのように利用し、日本の国内政策に干渉してきたのか、私はまったく理解していなかった。大学で教鞭をとった経験のある日本専門家である私でさえ、日米関係の本質を理解しておらず、メディアで語られる物語に従うだけだった。

アメリカ人は日本を新しい未来を象徴する存在と捉えていた。禅宗のミニマリズムと盆栽の細部へのこだわりという魅力的な文化と革新的な技術を備えた新興国としてだ。そのビジョンは刺激的で有望だったが、一九九〇年代にアメリカのモトローラ製携帯電話が日本の競合他社に取って代わられるのを目の当たりにしたアメリカ人は、日本の台頭が脅威にも思えたのだろう。

私の場合、高校時代からヨーロッパではなく、アジアが経済や文化の中心になる未来のアメリカを想像していた。おそらく、私が自分の高校でマイノリティであり、アジア系アメリカ人の生徒が周囲の白人よりも意欲的で有能であったために、そのようなビジョンがより思い浮かんだのだろう。

アジア系住民が多く、全米屈指の公立高校であるローウェルで学んだ結果、イェール大学に入学することができた。勤勉でやる気のあるアジア人たちに刺激され、読書や宿題を効率よくこなすようになったのは間違いない。

3　英国の影響を感じたイェール大学

一九八三年八月、東部コネチカット州ニューヘイブンにあるイェール大学のキャンパスに到着した私は、ローウェル高校で知っていたのとはまったく異なる文化に遭遇した。今でこそ多くのアジア人がいるが、当時は目につかなかった。

イェール大学は、特にイギリス、そしてヨーロッパ全体と深いつながりのある大学だった。イェール大学における英国文化の力は、イェール英国美術センターが最もよく表していたが、それはこの大学における英文学と英国史の強みにも見出すことができた。私はセシル・ローズ（イギリスの政治家で、人種差別的発言で知られる）のような有力者が、イェール大学にイギリスの影響力を確立するためにいかに努力していたかを知ることになる。

のちに俳優として成功した私のルームメイトのジェフ・メイズは、イギリス文化に夢中で、寮の部屋でくつろいでいると、よくイギリス訛りで話していた。他の学生は、ロンドンで過ごしたこと、オックスフォードやケンブリッジに一年間留学すること、あるいは名誉あるローズ奨学金（オックスフォード大学の大学院生に送られる国際的なフェローシップ制度）を獲得したことを、私に自慢した。一七七六年に大英帝国から独立したアメリカ文化のすべてがイギリス中心に回っていた。

学部生活をスタートさせた当初は、自分自身、大きなヨーロッパ文化圏に属していると考えていた。もちろん、アジア人の友人もたくさんいたが、私はその文化をよく知らなかった。アジア人の彼らとは対照的に、私の母はヨーロッパ出身で、父はクラシック音楽に全キャリアを捧げており、私は高校時代にパリで二回夏休みを利用してフランス語を勉強したこともあった。このため、ヨーロッパ文化が私の人生の中心になると考え、イェール大学でフランス文学かドイツ文学を学んでからキャリアを積もうと考えていた。

フランス語を諦める

しかし、イェール大学に入って最初の学期にフランス文学の講義を受けた時、あまりの退屈さに驚いた。古典的な詩や戯曲を読んでも、予想がつくものばかりだった。また、十七世紀のフランス語は読むのに大変な集中力を必要とすることがわかり、努力をする気力さえ湧かなかった。私はフランス文学をやめて、代わりに別の授業を取ろうと決めた。コースカタログに目を通すこと一時間、最も期待できるのは中国文学の授業だと判断した。

中国文学の授業がすべてを変えた。台湾出身の孫康宜教授はイェール大学に着任したばかりで、私に強い関心を示し、私が中国語をマスターしようと思ったことに感銘を受けたようだった。彼女は初日に私をオフィスに招き、基本的な漢字を教えた。数週間もしないうちに、私はすべての漢字を覚え、三首の唐詩をそらで詠誦できるまでになった。私は誇らしげに友人たちにも詠誦してみせた。

大学院ではフランス文学のクラスに入り、その後ドイツ語も始めたが、アジアが私の将来像の中心になり、次第にアジアを学ぶことが自分の使命のように感じるようになった。

高校時代にアジア文化に触れたことは、新たな意味を持つようになった。アジア文化は、私の人生の片隅にある、単に魅力的なものとしてあるだけではなかった。むしろアジアが世界の中心になるものであり、私はその文化と言語をよく学び、眠っている同胞のアメリカ人をアジアの重要性に目覚めさせ、私たちの未来にとって重要なこの新しい文明を理解させなければならないと思うようになった。

私の世代では、アジアが非常に重要になり、すべてのアメリカ人が中国語や日本語を流暢に話せるようにならなければならなくなるだろう。そして、十九世紀に中国人や日本人が西洋のテクノロジーに直面した時に自分たちの世界を考え直さなければならなかったように、システム全体を考え直す必要に迫られるようになるだろうと思っていた。私はその予測の半分しか当たっていなかったと思う。私が理解していなかったのは、アメリカ国内でアジアが台頭することによって外国人嫌いの文化がますます強まり、多くのアメリカ人が内向きになるということだった。それは中国の清末と似ていた。

漢字や漢詩に魅せられていた私は卒業する時に地政学的な大転換がアメリカ全体を劇的に作り

コンラッド・トットマン教授

変えようとしているという感覚を持った。

漢字を日夜独学

イェール大学で正式に中国語を学ぶ前から、私は日夜、一人で漢字の勉強をしていた。同時に、現代中国と伝統中国の両方について、できるだけ多くの本を読んでいた。どうすれば一刻も早く中国語を話せるようになり、適切な準備ができるかを想像した。

ローズ奨学金を得てオックスフォードに留学したり、ケンブリッジでシェークスピアを研究したりすることを夢見ていたクラスメートたちの姿が私には奇妙に思えた。しかし、私は何も言わなかった。アジアの専門家になるために必要なことだけに集中することを学んだ。

日本文学ではなく中国文学を専攻したのは偶然だった。最初から中国語の勉強を勧めてくれる教授がいて、日本側にはそれに相当する人がいなかったにすぎない。

1987年5月イェール大学卒業式に父母、弟と一緒に。もっとも自信があった時期でもあった（左端筆者）。

でも、日本文学関係の授業もたくさん履修した。

例えば、私はコンラッド・トットマン教授による徳川史の講義を受けた。このコースでは、鎌倉時代から明治時代までの日本史を一学期でカバーし、日本文化の変遷を大まかに捉えるとともに、統治に関する非常に具体的、且つ詳細を学ぶことができた。それはもはや緑茶や寿司の話ではなく、日本の統治システムについての詳細な内容だった。

日本文化は中国とは対照的に価値あるものだった。一芸に秀でながらも哲学的な洞察力を持つ武士の伝統は、中国で文官登用試験の科挙に合格して、政府で働く幅広い教養を持つ士大夫と呼ばれる人たちとは全く違った。日本では、道徳的理念より、金属鍛冶や衣服の生産といった個別の技能が評価された。私はアジアには、複雑で多様な可能性があると感じ始めた。

自分が進むべき道

日本と中国の両方を理解することが、私の進むべき道だと考えるようになった。

さらに、中国語と英語を母国語とする学生たちと知り合った時、自分がどんなに努力してもそのレベルには到達できないことも悟った。それでも、アジア人ではない英語のネイティブ・スピーカーとして、中国語と日本語を学ぶことができたなら、より深く独自の理解を得ることができるのではないかと考えた。

コンラッド・トットマン教授の授業は、徳川幕府の強みと、日本が早くから中国と乖離し、比類ない業績を達成してきたことをよく理解させてくれた。トットマン教授は、徳川の環境保護政策、特に森林保護政策の専門家だった。彼の授業は、人間社会と生態系の調和に対する日本の理解が、十七世紀からいかに国の政策に反映されていたかを明らかにした。一九七〇年代にアメリカで環境保護運動が起こるずっと前に、長期的な環境保護を確立していたのは日本であったことを私は初めて知った。

その数年後、日本に留学した私は、環境への関心が低いことに失望した。しかし、たとえ現代の日本が自動車製造に夢中になっていたとしても、日本の過去の伝統は残っていた。さらに、西

1984年　中国語を熱心に勉強していた頃、
自然に囲まれたイェール大学の神学大学院で。

洋には見られない自然と調和した文明も秘めていた。

アジアモデル

伝統的なアジア社会に、世界のエコロジカルな未来を読み取るというコンセプトは、F・H・キング著『Farmers of Forty Centuries: Organic Farming in China, Korea, and Japan』（邦訳『東アジア四千年の永続農業：中国・朝鮮・日本における有機農業』農山漁村文化協会）という本の中にある。

この本は一九〇九年にアメリカの農業専門家によって書かれたもので、西洋社会は持続不可能な農業へのアプローチをやめ、アジアのモデルから学ぶべきだと提言している。私は農業と食料がアジアとアメリカの未来を左右する戦場であり、持続可能な食料の復活が世界の未来にとって不可欠であると考えるようになった。アジア、とりわけ日本は、昭和以前、持続可能な大規模有機農業のモデルだった。

いずれにせよ、私の中国と日本に対する理解は、単に半導体やスマートフォンのことではなく、真の希望をもたらす深い文化的伝統のことだった。アジアを理解するためには、時事問題だけでなく、古代にまで遡った深い文明を知る必要がある。中国や日本の台頭は、価値観を決定する中心的な文明が変化することを意味すると感じたからだ。

私は中国語の古典、そして日本語の古典の習得に多大な努力を傾けた。古典文学が好きだったからというだけでなく、世界の変化を十分に理解するためには、アジア文明における価値観の決定方法を深く理解する必要があると感じたからだ。

中国本土では味わえない自由

指導教官である孫康宜教授の斡旋で、私は国立台湾大学の交換留学生になることができた。一九八五年のことだ。私は中国古典文学の講義を受けることになったが、その講義はすべて中国語で行われ、内容や講義を理解することが求められた。授業には全くついていけなかったが、中国語に囲まれ、昼夜を問わず中国文学を読み、英語を話さないように必死に努力した。台湾滞在はわずか十一ヵ月という短い期間だったものの、かなり多くのことを学ぶことができた。

台湾は私に、学生としての本当の自由を与えてくれた。中国本土では得られなかったものだった。中国本土では外国人専用の寮に住まなければならず、キャンパスでは留学生としか会うことができなかった。そのため、中国語だけで話したり、読んだりすることは不可能だった。丸一年間、一日中、中国語だけを話し、中国語だけを読む環境を作りたかった。ある時期、すべて中国語でやろうとしたこともあったが、それは自分にとってストレスが大きすぎた。中国人留学生と一緒にアパートを借り、基本的にずっと中国語だけで話すことができた。

台湾に行ったのは中国文化を学ぶためで、中国本土では伝統文化封建主義に対する共産主義運動の一環として、伝統的な中国文化が攻撃されていた。台湾への留学は古典中国語を理解するのに最適な環境だと思った。台湾での生活は日本を学ぶ機会でもあった。

台湾で知った日本文化

台湾が日本の植民地であったことはなんとなく知っていたが、それが何を意味するのか、台湾のあらゆる面に日本文化がどれほど残っているのか、まったく知らなかった。

私は台湾で見つけた、日本と中国の文化が混ざり合ったものが大好きだった。

古い家はすべて木造で、襖《ふすま》、障子《しょうじ》、畳によって台湾の暑い夏でも驚くほど涼しい環境を与えてくれた。イェール大学で学んだ中国とは少し違う深みと落ち着きがあった。台湾の考え方や文化が違うのは、中国の他の地域では失われてしまった古代中国文化の一面を残しているからなのか、それとも中国と日本が混ざり合って独特の環境を作り出しているからなのか、私にはわからなかった。

台湾での経験で重要なのは、一九八五年の秋に父がアジアを訪れたことだ。父はサンフランシスコ交響楽団の事務局長で、交響楽団の一九八七年のアジア・ツアーを計画するためにアジアを訪れた。父は台湾での一連のコンサートの打ち合わせのために台湾を訪問した。私はすべての打ち合わせに同行し、時には通訳として手伝った。その後の四日間、日本を訪れた。私には初めての日本だったが、すぐに日本で勉強したいと思った。

羽田空港で東京に着いたとたん、私は日本、特に細部へのこだわりが、私が出会った中国文化とは大きく異なることを感じた。日本について印象に残ったのは、まるでヨーロッパのようだ、子供の頃に訪れたルクセンブルクのようだ、ということだった。小さい頃、母に連れられてルクセンブルクに何度か行ったことがあり、そこで食べた最高級のケーキやココアのことを鮮明に覚えていた。日本にもまさにそのような店やレストランがあった。それにしても、窓を清潔に保ち、ホテルの部屋の隅に埃がたまらないようにするなど、細部への配慮には驚かされた。

大阪での経験

その時の思い出といえば、父と新幹線で大阪に行ったことだ。東京からかなり夜遅くに到着し、翌日音楽マネジメント事務所の担当者と会う約束をしていた。

新幹線もまた、見たこともないような列車だった。完璧なまでに清潔で、自分の仕事をきちんとこなすことに誇りを持つ、入念に調整されたチームによって運営されていた。飛行機よりもサービスがよく、エコノミーでもファーストクラスのように感じた。さらに、シートカバーの質、カーペット、弁当、すべてが比類ないものだった。ある意味、新幹線は未来から来た列車のようだったが、細部への配慮はオリエント急行のようであり、私が幼い頃に過ごしたパリのようだった。

大阪に到着し、ホテルの近くでレストランを探したのは午後九時半頃だった。古い伝統的な長屋を利用した天ぷら屋に入ったのだが、テーブルが数卓あるだけで、店員は非常に気配りができ、思いやりがあった。私たちは天ぷら定食を注文した。海老、椎茸、鯵、茄子、その他数種類のおかず、味噌汁、ご飯。料理は美味しかったが、私たちアメリカ人の食欲には量がやや少なく感じた。天ぷらはハンバーガーみたいなものだと思いながら、私たちはあまり考えずに、そしてその美味しさを十分に味わうことなく、料理を平らげてしまった。そして、食べ足りなかったので、二度も二人前を注文した。

食事代がドル換算で一五〇ドルだと知った時の父の驚きを想像してほしい。円高が急速に進んでいる時期であり、現在のいくらに相当するか換算するのは難しいが、食事の金額としては想像を超える高さだったといえる。

その頃、世界経済における日本の重要性が増していた。一九八六年、私は中国語と中国文化の習得に悪戦苦闘していた。イェール大学に戻ったら、すぐに日本語の勉強を始めようと心に決めていた。

イェール大学四年生の一年間は、のんびりと過ごす学生もいれば、良い仕事を探す学生もいた。私はそんな同級生を横目で見ながら、中国語専攻に必要な科目を履修し、日本語の初級クラスを始めるために昼夜を問わず勉強した。

伝統のアジア言語プログラム

イェール大学には、アメリカのどこよりも進んだアジア言語研究プログラムがあり、その伝統は、イェール大学が多くの宣教師を養成した十九世紀にまで遡るということに注目することが重要である。最も重要なアジアの専門家の多くは、第二次世界大戦中にイェール大学で訓練を受けた。私は学部生としてイェール大学の図書館を探検し、アジア研究におけるこの大学の重要性を示す多くの証拠を見つけた。イェール大学には、一九九〇年代まで他の追随を許さず、世界の模範となった日本語教育のためのユニークな教科書シリーズさえあった。

日本語プログラムは、中国人学者と結婚した日本人女性、チャオ・チエ教授が、日本語学者のサミュエル・マーティン教授の協力を得て運営していた。『日本語の話し方』と『日本語の読み方』という優れた教科書は、私がこれまで受けた中で最も激しく、厳しい語学プログラムの骨格を成していた。私はついていくために毎日何時間も練習しなければならなかった。

私は最初から私たちに課された高い水準と、信じられないほどの要求に感銘を受けた。私たちは最初から日本人のように話すことを学ばなければならず、毎日何時間もテープを聴かされた。絶え間ない反復と暗記が、アメリカ訛りに陥ることなく日本のような言語を学ぶ唯一の方法であることを学んだ。

私はその後二年間、アメリカ中西部のイリノイ大学で語学プログラムを担当することになったが、日本語指導はイェール大学で学んだことをベースにしていた。

イェール大学の日本文学専攻の大学院生で、同大学の日本語講師でもあったウォッシュバーン郁子は私の日本語の先生だった。

彼女は学生に対する献身的な姿勢で、私が最も感銘を受けた語学指導の先生だった。私は粘りはあるが、語学の習得が早い方ではないので、彼女のドリルについていけないこともあった。しかし、彼女が私を厳しく指導し、最高水準に引き上げてくれたことに感謝している。

初日から、日本語だけで授業を行ったことを覚えている。文法について質問があれば、授業が終わった後で聞くことができた。文法と語彙を家でマスターし、授業時間すべてを厳しいドリルに費やすことが求められた。これは語学習得には本当に最良の方法だった。

その後、彼女はアメリカ北東部のニューハンプシャー州にあるダートマス大学で教鞭をとった。

第二章——東京大学と滞日の日々

1　横浜について調べる

一九八七年初夏、私は地元のミドルベリー・カレッジで日本語の集中プログラムに参加し、日本への留学の準備をした。私が日本に足を踏み入れたのは一九八七年八月のことだった。日本は経済大国、技術大国としてアメリカで注目されるようになり、メディアでは日本の経済的脅威がアメリカに迫っているとさえ報じられていた。私が来日したのち、日本には伝統文化と近代的な進歩が融合しており、アメリカの足を引っ張っていた消費主導の自己愛文化よりもはるかに健全で人間的な社会であることは明らかだった。

一方で、人間関係が非常に重要視され、家族、年長者、一緒に働く仲間との関係が重視された。手書きで物を書いたり、生徒に教室の掃除をさせたり、何千年もの間、古代の寺院を維持したりすることは、アメリカと根本的に異なっていた。それらは、過去を受け入れる日本の姿をよく示していた。日本で生まれた新しいテクノロジーは、どの国よりも先を行っており、それが日常生活に溶け込むことで、より人間的なものになっていた。

東京に到着して最初の三日間は、知人の家に滞在した。知人というのは禅野靖司のことだ。彼はミドルベリー・カレッジで日本語を教えており、建築学者になった。私の留学を知ると、親しい友人として迎え入れ、自分の家に泊まるよう誘ってくれた。

1987年7月　代々木で。Tシャツはサンフランシスコの Clement street にある Toy Boat Cafe の物。

その家は、古い木工細工が施され、畳の床がみずみずしい、上品な木の家だった。時差ぼけで夜中に目が覚めた私は、彼の母親が用意してくれたおいしい麦茶を流し込んだ。部屋の隅で、洗いたての布団に座って、庭の松を一時間くらい眺めていた。窓の外にはツタに覆われたウッドフェンスがあった。日本のこのような空間には、台湾で見たのとは違う心の安らぎがあった。

母親が愛情を込めてその古い家を維持してきたことには不思議な魅力があったし、竹や松の木で区切られた周囲の家々には、時代を超えた平和な雰囲気が漂っていた。しかし、私を日本やその秘密、深い過去へと迎え入れてくれた世田谷区のその家は、私が世田谷区に住み始めてまもなく、マンション開発のために取り壊されてしまった。今ではその面影はない。それどころか、当時の表参道や渋谷もまったく見出せなくなってしまった。私が発見した日本は、まさにその瞬間に消えようとしていた。

その後、私は奨学金を受けて日本に留学することになった。留学先は、アメリカ・カナダ大学連合日本研究センターだった。

この組織は、主に北米の大学生・大学院生などを対象に、中・上級日本語の集中教育を行う日本語教育・研究機関だった。一九六三年に設立され、みなとみらい21地区のコンベンション施設『パシフィコ横浜』の五階に本拠を置いている。

加盟大学は十三校。卒業生は二千人を超え、日本関係のあらゆる分野で活動している。合格を知った時は興奮し、夜遅くまで横浜の情報を探した。

日本に来て最初に受けた日本語の授業は、これまで三年以上の語学研修を受けていなかった私にとっては大きな挑戦だった。しかし、私は台湾にいた時から外国語の勉強の仕方を知っていたので、すぐに日本語をマスターするプロセスに身を投じた。

私は他のアメリカ人と一緒に過ごすことを避け、むしろ日本語で話しかけてくれる日本人を見つけようとした。単語を書き写すことに明け暮れ、地下鉄やバスで見かけた看板やメニューの一つひとつを、たとえ意味のほんの一部しかわからなくても、読もうとした。辞書を使って漢字の訓読みを一生懸命暗記しようとした。

はっきり覚えているのは、私が住んでいた寮のことだ。苦境に陥った日本の電機メーカーが使っていた寮で、三人のアメリカ人学生に年間契約で三部屋を貸してくれることになった。寮は川崎市中原区の南武線武蔵新城駅から徒歩一〇分にあり、私たちは毎日、日本語教育を受ける横浜の桜木町まで通った。

部屋は狭かったが十分だった。他の二人のアメリカ人は、韓国系アメリカ人のウー・チャン・リーと、オクラホマ出身のビジネス専攻のティム・ミレーだった。ウー・チャン・リーはイェール大学で同級生だった。彼は非常に野心的な若者で、日本文学を専攻し、私と同じようにアメリカとアジアの関係で何か大きな役割を果たすことを望んでいた。私たちはライバルであり、友人であった。彼は最初は外交官をめざしていたが、次第に金儲けや権力者とのコネクションを重視するようになり、いつの間にか音信不通になった。

私は日本人と話し、できるだけ早く日本語を習得することに関心があったので、彼らとそれほど多くの時間を過ごすことはなかった。しかし、寮では思った以上に難しいことがわかった。寮の従業員たちは、工場で働く労働者で、彼らの経験、生活はともに私とは違っていたからである。彼らは英語をあまり知らず、外国人と話すことを恥ずかしがり、彼らの音楽や文化への興味は私にとってはまったく遠いものだった。

「壁」を破った事件

目に見えない壁を打ち破り、日本人と実際に関わるには、とんでもない出来事が必要だった。

奇妙なことに、この目標を達成するためには、私は完全に恥をかかなければならなかった。私が言っているのは、一九八七年十月に起きた出来事のことで、これまで誰にも話したことがない。

十月のある日の午後九時頃、私は日本語の勉強に飽きていた。そこで私は寮の長い廊下を歩き回り、何か興味のあるものはないかと探した。私は珍しい発見をした。誰かがゴミ箱に捨てたダーツのフルセットとダーツボードが三階の隅にあったのだ。私はそれを自分の部屋に持って行き、机の上に置いて遊んだ。しかし、その行為はそれほど満足のいくものではなかった。私は寮の小さな部屋の窓を開け、コンクリートの壁の向こう側、寮を囲む二階建ての木造家屋を眺めた。突然、私はあることを思いついた。退屈と孤独と不安から生まれたクレイジーで、かなり愚かな考えだった。

私はダーツを一本を手に取り、低いコンクリート塀の向こうにある木造家屋の一軒に向かって投げた。おそらくダーツはその家の壁の板に刺さり、私以外の誰にも見えないまま、おそらく何年もそこに留まるだろうと思った。奇妙な考えだが、なぜかその時の私の想像力をかきたてた。私は最初のダーツを投げたが、低木のどこかに落ちてしまい、二度と見ることはできなかった。しかし、二本目のダーツは、ちょっとした運命のいたずらで、その家までたどり着いてしまった。しかし、結果は私が想像していたのとはまったく異なるものだった。

ダーツは家の壁には刺さらず、窓を貫通した。右下に小さな丸い穴が開き、続いてガラスの砕ける大きな音がした。

大きな危機

すぐに家中の電気が点けられ、ダーツについて議論する大きな声が聞こえた。私は彼らの話す日本語をすべて理解することはできなかったが、彼らの結論は「ダーツはある場所からしか飛んでこない」というものだった。ダーツを投げられる場所ははっきりしていた。

その一〇分後、私は路上で大きな声を聞いた。どこからそんなダーツが投げられたのか、正確に知ろうとしていたのだ。そしてさらに一五分後、寮のスピーカーから、この事件に関すると思われるアナウンスが流れた。

寮の部屋に一人で座り、その放送を何度も何度も繰り返し聞いたあの一〇分間は、日本滞在中の大きな危機の一つだった。結局のところ、私は日本の文化と言語を理解し、日本のことを真剣に考えているアメリカ人になるために日本に来たのだ。そして、ここで私は知らず知らずのうちに重大な罪を犯していた。それは間違いなく日本に対する破壊行為、敵意と解釈されるだろう。日本人は私のことを、軍事基地周辺で強姦や盗みを働いたＧＩ（アメリカ兵の俗称）と同一視するだろうと恐れまじりに思い始めていた。

教科書で覚えた「申し訳ない」

結局のところ、自分一人でこの責任と向き合うしかないのであり、その結果生じるであろう清算を先延ばしにすることは、誰のためにもならないと思った。私自身、自分の心理をよく理解していなかったが、できる限り説明するつもりで、寮長の船橋の部屋に行った。

しかし、私が到着すると、船橋はすでに、この不当な攻撃について回答を求めてやってきた五人ほどの近隣住民と熱い議論を交わしていた。中央にいるグレーのスーツを着た男性が被害者、つまりその家の住人のようだった。船橋は最初の数分間、私を無視した。おそらく私がこの事件とは無関係だと思ったのだろう。

そしてようやく、この事件の責任は私にあることを船橋に理解してもらうことができた。彼は驚いて私を見つめた。

他の人たちは私の周りに輪になって集まり、目をギラギラさせながら怒り、大声で、なぜそんな敵対的なことをしたのかと私に説明を求めてきた。彼らが私の行動を、やはりＧＩと結びつけて考えているのがわかった。

私は自分を表現することができず、本当に殴られるのではないかと心配し始めた。私は日本語の授業で習った「申し訳ない」という表現を繰り返した。私はこの言葉を二十回ほど繰り返し、彼らの怒りの顔と悲鳴に直面し、やがて疲労と不安に圧倒され、横向きに倒れてしまった。すぐに立ち上がることができたが、そのとき、私は魔法のような変化が起きていることに気づいた。

突然、グレーのスーツを着た隣人は怒るどころか私を気遣い、腕を取って助け起こしてくれた。隣人たちは、この事件の原因はいったい何なのかについて話し始めたが、私にはその話の内容が理解できなかった。グレーのスーツを着た隣人は、船橋と五分ほど別の部屋で話をした。船橋が戻ってくると、船橋たちは「お休みなさい」と丁寧に言って、みんな帰っていった。

ウィスキーでお詫び

船橋にこっぴどく叱られるかと思ったが、「もう寝て休め」と言われただけで、それ以上この件について何も言われなかったのには驚いた。私が全責任を取ると言ったことで、雰囲気が一変したようだった。

それでも私は、部屋で一睡もできなかった。それから一時間後、夜中の一時頃だっただろうか、私はコンクリートの壁を隔てた隣人に日本語で謝罪の手紙を書いた。日本語の教科書に載っていた例文も参考にした。できるだけ敬意を払った言葉で、はっきりと書こうと努力した。私はその手紙とジョニーウォーカー・ブラックラベルのボトルを持って、その家を探しに出かけた。

アメリカ人の友人が日本人はウィスキーが好きで、出会った人へのプレゼントに最適だと言っていたからだ。これはウイスキーを使う絶好のチャンスだと思った。

それがどの家なのかを正確に把握するのに三〇分かかった。いろいろな裏通りを歩き回って、該当する家を見つけなければならなかったからだ。ようやく見つけると、ひっそりと手紙とウィスキーを入れた紙袋を中庭に置き、黙って寮に戻った。少しリラックスできて眠れた。

翌日、学校から帰るとすぐに船橋は私をオフィスに呼び、彼が用意した小さな袋に入ったプレゼントを見せてくれた。中には、地元の店で買った伝統的なクッキーと、小さな容器に入ったさまざまなフレーバーの英国紅茶が箱いっぱいに入っていた。その日の夕方、近所の人たちに会いに行くのに同行し、この贈り物を届けるのだと彼は私に説明した。お土産は一二〇〇〇円で、窓の修理代がさらに三〇〇〇円かかると言われた。私はすぐにその金額を現金で渡した。

船橋がこの訪問にかなりの時間を費やし、寮と私のために、すべての誤解を解くことが自分の義務だと感じているようだった。

アメリカと違う解決法

ここがアメリカではないことは明らかだった。もしアメリカだったら、支払いを要求し、おそらく弁護士から脅しをかけることが唯一のコミュニケーションだったはずだ。

お詫びのため家を訪ねると、被害に遭った家族はむしろ歓迎してくれた。お湯を沸かし、私が持ってきたお茶を入れ、その家の人が用意していたイチゴののったケーキをその場にいた全員に振る舞った。私はもう一度、この前の晩のことを謝罪しようとしたが、船橋はそれを遮った。船橋は、私の状況をいろいろ説明し、私のために謝ってくれた。それが不思議だった。私はアメリカ人として、個人的な責任は自分で説明しなければならないと思ったのだが、予想は裏切られた。

最後に、ケーキについてのお礼を述べ、彼らの子供たちに英語を教えることを含め、役に立てることがあれば何でもしますと言った。彼らはこの申し出をあまり真剣に受け止めていないようだったが、いつでも家に遊びに来るようにと丁寧に誘ってくれた。実際、私はこの出来事を恥ずかしく思い、二度と彼らの家を訪ねることはなかった。とはいえ、学校やその他のアメリカ人とのつながりとは無関係に、日本人と親しく交流したのは初めてのことだった。

この出来事は、私の日本での経験において決定的なものになった。まず、私は完全に失態を犯し、日本人に謝罪せざるを得なくなった。それにも関わらず、解決策を見つけるのに、私の意見はまったく関係なかったのだ。また、日本人がアメリカ人をどのように見ているのか、日本人の視点からアメリカを見ることを考えさせられた。

日本で多くの被害をもたらした愚かで粗野なアメリカ人とは一線を画そうと、私はさらに強く決心した。私を見た日本人は、私のことをモルモン教の宣教師か軍人だと思っているようだった。

さらに、日本人がすべての交流において、コンセンサスを形成し、深い相互尊重を表現することを通じ、対立や意見の相違を解決する精巧な方法を私は初めて目にした。

2 菊名の奥住家

一九八八年の春には寮を出て、横浜の菊名の奥住家でホームステイした。その家族のうち二人の子どもは、十年前にアメリカに留学した経験があり、過去にもアメリカ人留学生をホームステイさせたことがあったという。その留学生と素晴らしい経験をしたので、喜んで五カ月間、滞在させてくれたのだ。私が来た時には、その娘さんはすでに結婚していた。丘の上の大きな家には、私と年老いた両親だけだった。

この留学は、日本で過ごした最も楽しい時間の一つだった。妻の京子は、芸術や歴史に造詣が深く、現代社会について、日本茶をたしなみながらアメリカ社会との比較を延々と話してくれた。彼女は、なぜアメリカ人が日本の対米貿易赤字に懸念を抱いているのか、率直に話してくれた。

子供たちが小さかった頃の写真だけでなく、一九三〇年代から一九四〇年代頃の彼女の両親や、兄弟姉妹の写真もあった。神社の参拝や家族団らんに、着物姿で整然と並ぶ女性たちの姿は、誰もが真剣そのものだった。そのポーズは日本独特のものだが、子供の頃、母から何度も見せられたルクセンブルクの家族の写真を思い出した。

学校だけでなく、ホームステイ先でも日本語を話すことができたので、私の日本語は非常に上達し、日々、新聞を読み、テレビのニュースも見るようになった。私が一年足らずで新聞を読めるようになったのは、古典中国語の学習のおかげだった。漢字の古今東西の用法を知っていたからで、その訓練がなければ、これほど早く多くのことを学ぶことはできなかっただろう。

たとえそれが自分のキャリアにとってプラスになったとしても、他のアメリカ人学生たちと関わることに、私はますます興味を持てなくなった。イェール大学のロースクールとハーバード大

ライシャワー元駐日大使（在任期間1961〜1966年）

学のロースクールの願書を取り寄せたが、三カ月後には捨ててしまった。私の将来を決めるのは、アメリカの法律や制度を学ぶことではなく、日本を理解することだと思ったからだ。つまり、自分の望む日本ではなく、ありのままの日本。西洋人の目に映るエキゾチックな日本ではなく、長い歴史を持つ日本を、そのまま理解する必要があったのだ。

ライシャワーとの出会い

この頃、重要な出来事があった。老齢の日本学学者エドウィン・ライシャワーが私たちのクラスを訪れ、横浜の新天地での私たちの健闘を祈るために学生全員と面会したのだ。突然やってきたビクトリア調のスーツを着た老学者がいったい誰なのか、私はあまり深く考えなかった。彼が教授であり、駐日大使だったことは知っていたが、それが何を意味するのかも漠然としか分からなかった。

ライシャワーは私たちを励ましてくれた。彼は私たち一人ひとりと握手を交わし、私たちの勉強とキャリアがうまくいくようにと祈った。えらい教授のことより、目先の語学試験のことで頭がいっぱいだった。

しかし、その出会いは私のキャリアにとって非常に重要な意味を持つことになり、その後何度も脳裏に蘇ることになる。私はエドウィン・ライシャワーのようになりたいと願うようになった。

ハーバード大学の大学院に進学し、彼の論文を数多く読み、彼が使っていたイェンチン（燕京）図書館で勉強した。

私は『ハーバード・ジャーナル・オブ・アジア・スタディーズ』の初期の号を読み、ライシャワーの功績を改めて知った。ライシャワーの先生だったセルゲイ・エリセーエフ（Serge Elisseeff）は日本の大学に留学した最初の西洋人だった。やがて私は二〇〇〇年になって『ハーバード・ジャーナル・オブ・アジア・スタディーズ』に記事を書くようになった。この雑誌は、アジアの文化や歴史に関する権威ある雑誌である。

韓国語を学んだライシャワー

私が最も興味を持ったのは、ライシャワーが第二次世界大戦後、ハーバード大学でアジア研究の構築に尽力し、韓国語と韓国史の研究を提唱し、自らも韓国語を学んだことだ。そして、彼が第二次世界大戦中、諜報員として日本分析に携わり、その後、ケネディ政権時代に駐日大使となったことである。

ライシャワーは一九三九年にハーバード大学で博士号を取得し、日本の僧侶、円仁の『入唐求法巡礼行記』について論文を書いた。私はこの翻訳と注釈を読んで感銘を受けただけでなく、過去の日中韓の文化関係を私の研究テーマとすべきであり、また現代における日中韓の関係も私のライフワークの重要な側面であると感じるようになった。

古典文学の研究と外交の実践の組み合わせは、最もやりがいがあり、最も有意義なものだと感じていた。私はやがて、ライシャワーと同じように中国、日本、韓国の比較研究を進め、三つの言語を詳細に研究することになる。

一九六〇年、ケネディがライシャワーを駐日大使に任命したことは、イェール大学を卒業したばかりの私には理解できないほど大きな意味のある出来事だったと言えよう。

ライシャワーが大使に任命されたのは、日米関係の最大の危機となった一九六〇年の安保デモの時だった。彼はこの年の十月、影響力のある外交雑誌、『フォーリン・アフェアーズ』に「破れた日本との対話」と題する重要な論文を寄稿した。この中で、安保条約に対する日本の抗議が共産主義者の陰謀であるという非難を否定した。ライシャワーはケネディ政権に助言を与え、ケネディも日本への理解と真の協力を促進する努力の真剣さを示すため、ライシャワーを駐日大使に任命することを決定したのだった。

日本語のできる唯一の人物

実際に日本語を話し、日本語を理解するアメリカ人が国務省の権威ある地位に任命されたのは、これが最初で最後だった。ケネディ大統領は、プロの外交官たちからかなりの反対があったにもかかわらず、非外交官である彼を任命した。ただ、ライシャワーの外交官としての姿勢には失望する部分もあった。当時の冷戦時のアメリカ外交方針に配慮しすぎていたと感じたからだ。

それでも彼は、日本、中国、韓国の文化を理解し、日本語と中国語の訓練を受け、ハーバード大学でアジア研究を拡大するために教授として動いた。アメリカとアジアの現代的な政治関係の促進にも深く関わったアメリカの知識人の模範であり、理想であり続けた。

彼の影響を受けた私は、一九九八年から二〇〇二年にかけて、勤務したイリノイ大学内でアジア研究への資金を大幅に増やし、ハーバード大学でライシャワーが行ったように、学生に現代アジアを正確に理解させるための新たな取り組みを始めるよう提唱した。

ずっと後になって、私はライシャワー教授と私の人生の間に、もう一つの共通点を発見した。それは、この高名な老紳士と握手を交わした二三歳の学生であった当時の私には、想像もできなかったことである。ライシャワーはアメリカ人女性と結婚していたが一九五五年に亡くなり、日本人女性と再婚した。一九五六年のことだ。彼女は結局、彼と日本との関係において中心的な人物となった。

私も二五年間韓国人女性と結婚していたが、病気で亡くなり、その一年後に日本人女性と再婚した。気がついたら、日本で日本の文化に囲まれて暮らしている。面白い偶然だ。

東大留学決まる

大学連合日本研究センターで日本語を教えていた女性が、東京大学でも働いていた。ある日、彼女は私を座らせて、平川祐弘教授を紹介したいと言った。

平川教授は英語、フランス語、ドイツ語、イタリア語を幅広く読みこなし、留学生をとてもよくサポートしてくれることで有名な学者だった。偶然にも、私は日本文学を学ぶために、もう一年滞在できる文部省奨学金を申請していた。しかし、奨学金を受け取るには、どこかの大学から招待を受ける必要があった。

東横線、井の頭線に乗って桜木町から駒場東大前駅まで行って平川教授と会った時、日本語の勉強がとても早く進んだと褒めてくれた他の学校の先生たちとは対照的に、平川教授は少しも笑わなかった。威圧を感じたのも事実だ。平川教授は東アジアの比較文学を研究するには、私の日本語能力では不十分だ、と感じているようだった。

髪は短く刈り込まれ、地味なブルーのシャツに赤いネクタイ、茶色のジャケットといういで立ちで、威厳を漂わせていた。細部にまで気を配り、読みかけの本をいつも五、六冊、大学に持参していた。

平川教授は戦前の日本政治を擁護したことで、保守政界から愛されていた。そのことを知るのはだいぶ後になってからだ。

平川教授はまた、思慮深く丁寧な態度で私に話しかけてきた。初対面の時、私は彼に何を話せばいいのかよくわからなかった。私の日本語はコミュニケーションを取れる十分なレベルではなかったのだろう。

私は彼に、日本人が近代以前の中国をどのように理解していたのか、そしてその理解がどのように変化したのかを研究したいと話し始めた。この話題は彼に強い興味を抱かせたようだった。私は自分の考えを表現するのに少し苦労したが、彼は私の話をとても熱心に聞いてくれ、一時間の話し合いの後、私のために推薦状を書くことを約束してくれた。その瞬間から、今日まで続く知的対話が始まった。

今にして思えば、平川先生は私が文学に熱中しているかどうか、日本に興味を持っているかどうかを見ていたのだと思う。しかし、彼は私の日本語が不完全であったにもかかわらず、その最初の出会いの間、私が英語を一言も話さなかったことに加え、専門家以外には誰も知らないような多くの日本や中国の詩人、小説家について、私が言及したことに気づいてくれた。

その三ヵ月後、一九八八年十月から東京大学の研究生になることが決まったと知らされた。平川教授は東京大学で私の指導教官となり、私の人生においても重要な人物となった。

ラフカディオ・ハーンとの出会い

平川教授は、ラフカディオ・ハーンに大きな関心を寄せていた。日本に定住し、日本人女性と結婚し、小泉八雲として知られる人だ。私は平川教授の授業を受けていた頃、『怪談』(一九〇四年)を含むハーンの日本文化に関する著作の多くを読んだ。

これらの著作は、イェール大学で読んだ中国の怪談集『剪灯新話』を読み返すきっかけとなり、都賀庭鐘の『英草紙《はなぶさぞうし》』『繁野話《しげしげやわ》』について書くきっかけとなった。

ハーンが伝統的な日本社会に深い精神的な意味を見出し、日本人が近代化を急ぐあまり、それが捨て去られようとしているのを見ていたのは明らかだった。もちろん、ハーンが嘆いた古い日本の多くは、私が一九八七年に東京に到着する前に消え去っていた。しかし、日本が伝統的な文化を捨て去り、消費とナルシシズムの狂気的なグローバル文化に向かって突っ走っていることに悲しみを覚えた。私の場合、その悲しみは世界的なものだった。すべての国で自国の文化が破壊されようとしていたのだ。

日本人の友人がたびたび私に「尊敬している日本の歴史上の人物は誰か」と聞いてくる。私には二〇年間このかた、人に教える仕事よりも、安全保障や外交に関する活動が多かったため、すぐ答えるように準備している人物が何人かいる。例えば藤原道真、荻生徂徠、松平定信といった歴史上の人物や、長崎原爆の被爆者で反核平和運動家である山口仙二、弁護士で元参院議員、大脇雅子らだ。

荻生徂徠の政談を研究する過程で、彼が書いた語学書である『訳文筌蹄』を英訳し、評価を受けた。徂徠と徳川吉宗の政治改革と松平定信の寛政の改革に感銘を受け、アメリカで政治改革を志そうとさえ考えた。現在のアメリカをみて幕末の制度的衰退を思い出さざるを得ない状態だった。ついでに言えば、明治維新は統制できない帝国主義に汚染された事例として、とても重要な教訓だと思った。

私は六〇歳に近づいている。それだけに京都の南禅寺に居を構え、随筆を書いたり、古典に対する実証的研究に当たった上田秋成の気持ちが理解できるようになった。

文人として死後に評価を得た秋成

上田秋成は社会のために最善を尽くしたが、権威ある組織に属していなかったこともあり、死んでから七〇年たって初めて評価を得た人物だ。何よりも上田秋成は文人であったことは魅力的な点だった。ただし「文人」は秋成の場合に特殊な意味がある。

文人という概念はやはりイェール大学四年生の時、中国文学専攻で卒業論文を準備した時に出会って考えることになった。イェール大学での卒論は、清末の知識人の沈復（一七六三〜？）の日記『浮生六記』について書いた。十九世紀のはじめ、中国の官僚登用試験である科挙に失敗した沈復は儒教思想を捨てて、愛妻との日常生活を細かく描写した。亡妻への追憶の文章を書き、山水と詩画を愛する沈復は、伝統に凝り固まった社会の中で、自分の精神的な自由を作る方法を文化活動に見出すことが可能であることを教えてくれた。

中国では、政府や宮廷から追い出されて文学や芸術活動を開始し、社会の在り方を批判する文人がいた。権力の核心から外れている知識人に対し、人々は尊敬もした。もちろん権力者も時に文人の真似をした。

私が韓国に長い間住んでいた頃に韓国のソンビ（선비）に関する伝統について研究した。ソンビは詩を用いて表現する知識人で、正義と勇気を強調する傾向があった。それは日本の文人と似ていた。

最終的に、上田秋成はその論文の一部になり、多く触れることはできなかった。しかし、上田秋成の文学活動と文人の姿は、私の心に長く残った。

文人とは、文化的表現をする技術や専門教育をうけた知識人のことだ。弁護士、医者、記者、企業人などに比べ、より自由で自立した思考をもって、距離をおいて社会を冷静にみることができる人間のことである。

論語には「君子不器」という成語がある。解釈はいくつかあるが、私にとって意味は「知識人は道具として利用されてはいけない」ということだった。知識人は権力、富裕な生活などに誘惑されないで、誰かの道具にならず、「人として道徳的な行動とは何かに悩むべきだ」ということを意味した。

千川駅の近く千早町のマンション

千川に住み東大に通学

一九八八年十月、東京大学での生活が始まった。素直にうれしかった。

私は東京メトロ有楽町線千川駅近くの千早町で安いアパートを見つけることができ、東京にいる間、ここに住んだ。私の部屋は建物の南西の角にあり、二つ窓があった。小さなテラスで洗濯物を干したり、近所の木々や、小さな二階木造家屋を眺めるのが好きだった。夜遅くまで掛け布団や炬燵の下で暖をとりながら、擦り切れた畳の上に足を伸ばして、文庫と辞典を並べて置いて、ゆっくり夏目漱石、徒然草などを読んだ。

中古家具店で大きな机を見つけ、畳を保護するために敷物を敷いて椅子とともに部屋の東側に置いた。アパートには小さなキッチンもあり、そこで中古の炊飯器でご飯を炊き、味噌汁を作った。その他、簡単な日本料理もいくつか作った。多かれ少なかれ、毎日同じものを食べていた。健康的ではあったが、限られたものだった。私の思考は文学的な日本語を学ぶことに集中していた。しかし何年も経てから、あの時、多様な日本料理の作り方を学ばなかったことを後悔することになる。

イェール大学の大学院で日本学を専攻していたアメリカ人学生が以前そのアパートに住んでいたが、私がその小さな部屋で読書、睡眠、料理、掃除に明け暮れた四年間、他のアメリカ人に出くわすことはまったくなかった。

部屋の持ち主である佐藤一家はとても親切で、何度かカラオケに連れて行ってくれた。休日には餅やうどんなどの日本食をご馳走してくれた。私はせめてものお礼に、旅行に行った時ちょっとしたお土産を買って、持って行った。

その小さな部屋の隅々まで鮮明に覚えているのは、そこが私の生活の中心になったからだ。最初の数年間は、夜遅くまで毛布にくるまって古い日本映画を観たり、ニュースを見たりしていた。しかし、時が経つにつれて状況は変わっていった。無料で見られる古い映画はテレビから姿を消し、テレビニュースの質も著しく低下した。

私が日本語をあまり理解できなかった一九八八年には、国会での法律についての詳細な議論や、政策が及ぼす影響についての複雑な説明があったのに、一九九二年に私が帰国する頃以降には間違いなく、報道は特定の政治家の奇妙な行動や、無差別殺人、交通事故、ビルの倒壊などの出来事ばかりになっていた。日本社会がどのように変化しているのかのヒントを与えないような、単純な内容ばかりだった。古典的な映画や実際のニュース分析の代わりに、くだらないワイドショーが登場した。

一九八八年と一九八九年のリクルート・スキャンダルは、ニュースの質の転換点であり、私が日本に少し幻滅したポイントでもあった。巨額の賄賂と汚職の証拠が明らかになるのを私は見ていたが、誰がどれだけの金を手にしたのか、という内部事情を明らかにする次のステップは後回しにされ、十分な回答は得られなかった。まるでメディアは、政治家の違法行為に法的責任を問うのは、あまりにも失礼で、無礼なことだと思っているようだった。

テレビを見る回数を減らし、本を読む時間を増やし、一日に日本語を一五ページ、二〇ページと読むスケジュールを自分で決めた。多くの外国人がそうであるように、日本での生活に完全に溶け込めないという罠に陥ってしまうからだった。ひたすら定期的に大量の本を読むことが、この罠を乗り越える唯一の方法だと思った。日本社会を日本人の観点から見るためには、相当な日本語の実力が必要だとも思った。

駅の近くで花を売っているおじさんや、魚を売っている家族、米を売っている家族など、知り合いは多かった。二〇二三年に日本にふたたび暮らすことになったが、日本を心地よいものにしていたこうした小さな商店のほとんどがチェーン店に変わっていた。企業の利益のために政治を行う政府によって潰され、姿を消していることに愕然とした。

自分に課した日本語を学ぶルール

イェール大学のマーストン・アンダーソン教授（中国文学専攻）には、私が一年間日本に留学する準備をしていた時にお世話になった。一九八七年五月、日本に出発する前に彼の研究室に会いに行った時、彼はとても誠実にこう言った。「でも、あまり長く滞在しすぎると、変なアメリカ人になってしまうよ」。そのときはその言葉の意味を深く考えなかったが、のちになってその言葉が頭をよぎった。

確かに、東京大学で学んだ四年間の東京での私の生き方は、アメリカで弁護士、医者、ビジネスマンなどの職業に就いたイェール大学の同級生とは明らかに異なっていた。

その期間、私はお金を稼がず、アメリカ社会にコネを作らず、アメリカの新聞を読まなかっただけでなく、通勤するオフィスもなく、忙しいスケジュールもなかった。私のルールは私が決めた。私の頭の中にあったのは、短期間で日本語の読み、書き、会話をできる限り習得するという、非常に厳しく容赦のない挑戦だった。

さらに、日本の社会、日本の政治、日本の価値観が私にとってますます重要になってきた。つまり、私自身が変わり始め、優先順位も変わっていったのだ。アメリカの友人たちがあまりにも自己中心的で、ナルシストで、エゴイスティックだと感じることもあった。しかし、それが西洋と東洋の文化の違いなのか、アメリカ社会の微妙な変化なのか、私にはわからない。

確かなことは、私はある程度、教授が警告していたように奇妙なアメリカ人になっていたということだ。

ジャケットを羽織り、出かける準備をする。私はよくジャケットにネクタイを締めていたが、これは大学時代からの習慣で、外出時にネクタイとジャケットを着用するのが好きだった。古着屋で買ったネクタイや、東京のあちこちにある小さな店で見つけたネクタイをコレクションしていた。

辞書を読む

辞書を読む習慣も始めた。台湾にいた頃、中国語の勉強のために辞書を読み始めた。一種の趣味だった。日本での生活が落ち着いてからは、辞書を読むことが生活の大部分を占めるようになった。英和辞典を一日三、四ページ、体系的に読むと決め、わからない単語には線を引いた。また、すべての単語を読み終えたら、ページの左上に小さな丸を描き、読み終えたことを示すようにした。一年半ほどかかったが、辞書を全部ゆっくり読み、地下鉄の中や昼食中、夜遅くにもたくさんの新しい単語を紙切れに書き留めた。

私の日課はトーストとコーヒー、それにリンゴかオレンジから始まった。机に座ってコーヒーを飲みながら、購読していた朝日新聞にできるだけ目を通そうとした。できる限り多くの単語を調べようとしたが、完全に理解できなくても、一時間で、できる限り速く読もうとした。新聞の購読もこの戦略の一部だった。日本に何年も住んでいたにもかかわらず、理解するのはかなり難しかったが、私は毎日、一杯のコーヒーとともに、朝日新聞の朝刊を読もうとした。。

この儀式は、私の語彙を増やし、日本社会に対する理解を深めるのに大いに役立った。何年も経ってから実際に官僚や政治家に会い、制度が実際にどのように機能しているのかを目の当たりにするまで、私には理解できないことがいろいろあった。

時間の経過とともにわかったのは、私の日本語の知識に限界があったということだけが問題ではないということだった。新聞を理解することは、日本語を上手に話すことではなかった。新聞には、実際に日本の環境で働かなければ理解できない表現がある。なぜなら、そのような言葉やそれに関連する官僚的なプロセスは、日常生活では出てこないからだ。また、新聞には掲載されず、まったく説明されない政治的なストーリーに関連する背景も無数にあった。誰が何のために何をしたのかという情報は、むしろ知識のある日本人の間で、コーヒーを飲みながら、あるいは食事やビールを飲みながら伝えられていた。つまり、人脈のある人たちは、日本語がよく読めるからではなく、他の人から内部事情を聞いたからこそ、新聞記事の意味を知っていたのだ。

一日二五ページ読んだ日本語の本

研究生として東京大学に在籍した最初の一年間は、主に現代小説や日本語による日本史、その他、推薦されたさまざまな本を読み、現代日本語に近い言語で書かれた本を読むことで、会話力や新聞を読む力を養った。その後、大学院生になると、授業で教授から指定された本を読んだ。高校の教科書を使って、独学で歴史を学んだ。ちなみに日本の学校の教科書と、大手学習塾の参考書は大変質がいいので、助けになった。

私は一日一五ページ、その後は二〇ページから二五ページを目標に日本語の本を読むことを習慣にしたが、並大抵のことではなかった。辞書で多くの単語を調べなければならなかったし、かなり難しい小説を読み解かなければならなかった。孤独で厳しい作業だった。もちろん、その合間にはカフェやレストランで知らない人と話すこともあった。

これほど多くの時間を一人で過ごしたことは不自然に思えるかもしれないし、私の長年の習慣に影響を与えたことは間違いないが、振り返ってみると、日本を理解するうえで次のレベルに進むためには絶対に必要なことだった。

夢も日本語で

日本語を流暢に話せるわけでもなかった私が、なぜあの早い段階で日本語を話すことに固執していたのか、日本人には理解しがたいだろう。

私が出会った日本人と英語で話すのはもっと簡単だっただろうし、英語を話す日本人とすべて英語で会話していれば、日本の社会や歴史についてもっと学ぶことができただろう。

高い英語力を持つ日本人のコミュニティが存在し、日本社会がどのように機能しているのか、外国人に詳しく説明することができる。さらに、国際色豊かな日本人の多くは、日本社会が実際にどのように機能しているのかについて、普通の日本人よりも正確に話してくれる。特にインターナショナル・スクール関係者は、日本社会に適応しようとするアメリカ人を歓迎している。

しかし、私は英語を話すことを避け、外国人や外国人と英語で話すのが好きな日本人ではなく、私と日本語で話してくれる日本人と関係を築かなければならないと強く感じていた。たとえそれが、私生活で相対的に孤立し、東京のアメリカ人や国際社会から距離を置くことを意味したとしても、である。

すべての情報を日本語で得ること、毎日辞書を読み、日本語でフレーズを書く練習をすること、日本の小説、のちには源氏物語、新古今集のような古典の名作を読むことで、日本語を内面化し、自分のものにできると思った。最終的には、何日も英語を話さず、ほとんど日本語しか読まず、日本人の学生や教授とは日本語だけで接するまでになった。夢も日本語で見るようになった。

もし私が英語を使うことに依存していたら、あるいは私と英語を話すのが当然だと思っている日本人と一緒に過ごしていたら、こんなに早く日本語を操れるようにはならなかったと思うし、おそらくそのレベルに達することはなかっただろう。

3 近世江戸文化の生き字引、延広真治

私を大いに助け、成長させてくれた東京大学在学時代の三人を挙げたい。一人目は延広真治教授である。黄表紙（江戸後期の大人向けの読み物、表紙が黄色だった）の講義を担当し、私が大学院修士課程の研究生として授業を受けた人だ。

延広教授は私が今まで会ったこともないような魅力的な人だった。彼はまるで象牙の塔にこもって古文書を読み、古典文学や江戸時代風俗についての膨大なメモ作りに没頭していた。まるで小説の細部にしか興味がないかのようだった。

彼は何十年もの間、江戸の小説に登場するさまざまな曖昧な言葉についての情報を書き留めたメモ用紙の箱を持っていて、授業には箱を三つも四つも持参し、読んだ一行一行を説明するためにメモを取り出していた。彼は黄表紙に登場する寿司を提供する店がどこにあるか、いつ開店したか、何を出す店なのかを教えることができた。また、本文中でどの歌が歌われているのか、あるいはその茶店がどこにあるのか、店主の名前までメモ用紙に書いていた。

彼は文字通り、近世江戸文化の生き字引だった。コンピュータが普及する前は、彼の頭の中と、彼のオフィス、そして彼の家全体を埋め尽くしたメモ用紙の箱の中に答えのすべてがあった。

彼は私たちが読んだものの意味についての解釈を提示することはなかったし、物語に描かれて

いることと当時の社会における矛盾や緊張との関連性を提示することもなかった。アメリカの教育とは違う点だった。

多くの小説が売春について言及していた。しかし、女性が自分自身や家族を養うために、そのような仕事に従事することを強制することが、有害なこと、非倫理的なことだと決して書いていないことが奇妙に思えた。文学の道徳的側面は話題に上らなかった。

延広教授は時にユーモアを交えた遊び心のある解釈で、授業そのものが一種のパフォーマンスだった。

延広教授の最も印象的な点は、彼は外国語を全く話せず、学ぼうともしなかったにもかかわらず、私が会った教授の中で最も中国、韓国、アメリカなどからの大学院生と心を開いて交流していたことである。彼は外国人大学院生の勉強や私生活を助けるために真摯に努力した。

明代の中国文学について目を開かせてくれた大木康

私を大いに助けてくれたもう一人の教授は、中国文学科の大木康教授である。非常に勤勉で、礼儀正しく、思いやりのある人物だった。私は一九九〇年に明代の中国文学に関する大木教授の授業を修士課程の院生として初めて受け、その面白さを知った。彼は文学が経済や社会構造、特に科挙制度とどのように結びついていたかを概観し、他のどの大学院の授業よりも、伝統的な中国と現代中国の両方をより完全に理解することができた。

東大　大木康氏（同大ホームページより）

彼はまた、コーヒーを飲みながら、明や清の時代の社会における知識人の役割とは何だったのかについて、長時間にわたって私との対話に付き合ってくれた。この議論は、社会における知識人としての自分の役割について考えなければならないと感じるようになった私にとって、最も重要なものだった。

したがって、大木教授が私に与えてくれた十六世紀の中国に関する解釈は、私にとって直接的な意味を持つものだった。私は後年、大木教授の著書に触発され、その時代の中国の作品について研究を行うことになる。

大木教授の明代文学の授業は、一つのテキストを選び、それを私たちと一緒に注意深くゆっくりと読み進み、学生には自分で背景となる資料を広く読むように求めた。このようなやり方は、イェール大学やハーバード大学での指導とは正反対だった。アメリカの大学は、教授が学生に読みきれないほどのテキストを提供し、ゼミの中でテキストの内容と歴史的・文学的背景の両方について院生に読解のスピードアップを要求するものだった。アメリカのアプローチはより厳しいものであったが、文学作品の実際の内容の鑑賞を損なうようなストレス感を味わったのも事実だ。

東京大学では、大学院生は関連するテキストを幅広く読み、教授が重要だと考えるトピックではなく、自分が重要だと考えるトピックについて自分自身で学ぶ時間があった。図書館を歩き回り、珍しい本があれば何でも読むことができた。大木教授は私が博士課程に在籍していた一九九三年に一年間ハーバードに滞在し、中国文学について何時間も一緒に議論しただけでなく、一緒にワシントンに旅行し、十六、十七世紀の中国文学と日本文学の研究における将来の可能性について議論した。

中国とアメリカの共通点を教えてくれた岡本さえ

東京大学東洋文化研究所の岡本さえ教授は、私の勉強を大いに助けてくれたもう一人の教授で、私の蔵書を充実させるために数多くの本を買ってくれた。すべて自費だった。感謝してもしきれない。彼女の清朝の歴史に関する講義から多くを学んだ。岡本先生のオフィスで緑茶をいただきながらの会話からは、さらに多くのことを学んだ。

岡本教授の「清代禁書の研究」は、その後の私のキャリアに思わぬ影響を与えた。

政治的な目的のために、知識や議論の分野全体、歴史的なトピック全体がどのように抹消され、

修士論文に選んだ田能村竹田

隠蔽されうるかについて考えさせられた。例えば、イスラエルの国内的な影響力を消そうとするアメリカの知識人の努力は、明代文化のあらゆる側面を隠蔽しようとする満州人の努力とよく似ている。明の時代は昔ではなく、現代アメリカだった。

戦後、アメリカがいかに多くの事実を隠し、あらゆる分野の議論を不可能にしてきたかを知った時、私はその授業で学んだことを思い出し、帝国末期の中国と帝国末期のアメリカとの類似性をますます強く認識するようになった。

修士論文のテーマに選んだ田能村竹田

東大で修士論文を書く時に九州竹田出身の田能村《たのむら》竹田《ちくでん》（一七七七〜一八三五）を選んだ。日本人でも知っている人は多くないだろう。少し説明しておきたい。

田能村竹田は、豊後国（現在の大分市）出身。江

1991年、家庭教師をしていた若林一家と。

戸時代後期の南画（文人画）家であり、詩才にも秀でていた。彼の作品の多くは重要文化財に指定されている。

その田能村竹田の漢詩と画を、自分の論文のテーマとして平川教授に提案した時点では、田能村竹田についてはさほど知らなかった。清朝の漢詩と南画に詳しい文人で幅広く人と自由に交流していた。その当時の中国の文人とは対照的で、いい比較になるとだけ考えていた。

その後、中国との比較をやめて、田能村竹田が十九世紀に築いた全国の文人ネットワークを研究してみた。九州にいる多くの文学、絵、科学、医学専門家と交流したうえに、大阪の木村蒹葭堂《きむらけんかどう》、江戸の谷文晁《たにぶんちょう》らとも交流し、全国規模のネットワークを拡大した。結論として、科挙制度がない日本であったからこそ、このような自由な知的活動が可能だった。また、日本の近代化にも役立った。

田能村竹田についての修論を書いてから博士論文の研究を考え始めた。それは人生の転換と重なった。もともと日本で勉強して日本で就職して一生を送ろうと考えたが、将来、日本とアメリカで活動することを考え、今度はアメリカで博士号を取ることにした。

一九九一年、修士論文に集中した。私は机の上に富士通のワープロを置き、何月何日までに何を書くかを詳細に記したカレンダーを置いた。何百もの脚注をつけ、原典や二次資料（多くは中国語の文献）を徹底的に読み込んだ。

私は詩人と画人であった田能村竹田と、彼が九州全域で、そして日本全国で参加した詩人や画家仲間の複雑なネットワークについて書いた。特に文人画は、それまで日本では生み出されなかったものであり、中国の文人画を手本としながらも、日本ではより自由な形で発展していった。不思議なことに日本は中国、朝鮮よりはるかに閉鎖的封建制度であったが、侍身分が権力を決めることになっていたため、知識や文芸表現が政治権力とは別だった。

自分にとっては大変重要な論文となったが、正直に言って田能村竹田の漢詩と南画の中に私に深い印象を与えたものはなかった。むしろ竹田と他の知識人の交流がテーマになって、私の研究は結局、思想史と社会史に近いものになった。論文を書きながら知識人の社会責任、社会貢献はどうあるべきかを考えていた。私のその後の人生にも大きな影響を与えることになった。

ロバート・キャンベルと私

東大在学中に三、四回会っただけだが、私にとってさらに重要な人物はロバート・キャンベルだった。キャンベルは一九五七年、アメリカ生まれ。専門は日本の近世文学から明治期文学、特に江戸中期から明治の漢文学、芸術、思想に関する研究だ。柔らかな物腰、発言で日本で超人気の芸能人になった。

我々には共通項が多い。まず、同じ高校の卒業生だった。さらに、ハーバード大学の大学院東アジア言語文化学科博士課程を修了しており、中国文学専攻のスティーブン・オーウェン先生は二人の指導教授だった。

キャンベルはカリフォルニア大学バークレー校で東アジア研究の学士号を取得していた。一方私は、カリフォルニア大学バークレー校で客員教授として一年間日本語を教えた後、イリノイ大学アーバナ・シャンペーン校に移った。そこは父の家の近くだった。その後、キャンベルは私が在学していた東京大学文学部比較文学科の教授に就任した。

さらに、キャンベルは近世の漢文と漢詩も手がけた。まさに私がスタートしたフィールドだ。しかし、私たちは少し似ているように見えるが、私たちの間には大きな違いがあり、それはその後の三〇年間でより顕著になった。

キャンベルは語学、特に中国語と日本語の古典を学ぶことにかけては天才的な能力を持っている。あまり苦労することなく（少なくとも、そのように見える）中国語と日本語の非常に幅広い語彙を身につけ、集中力があり、休むことなく何冊もの本を読むことができ、完璧な日本語の文体を書くことができた。

私はこんな印象を受けた。それはキャンベルは比較文学に興味がなく、日本の小説や詩、特に十八世紀の中国の小説や詩を広く読んでいないということだ。私にとっては、十八、十九世紀の日本文学を読むなら、中国で何が起こっているのか、そして朝鮮半島で何が起こっているのかを理解することが義務づけられているように思えた。

彼のプロジェクトは私とは全く異なっていた。彼は十九世紀の日本の詩人や随筆家が古典中国語や日本語で何を書いていたかを記録し、注釈をつけることに集中していた。彼のエッセイを読んでも、歴史的、社会的、階級的文脈における文学の解釈には触れていない。

彼はなぜ日本人がこれらの詩を書いたのかを問うことはしなかった。

ある意味で彼は日本国文学教授と同じ態度をとっていた。

その後、その傾向はさらに進んだ。私はキャンベルが国際政治や日米関係にあまり発言しないことに気づいた。一方、私はアメリカ国内外で全体主義的な支配が広がることに危機感を持ち、文学研究から政治活動へと移行していた。キャンベルはテレビ番組で面白いジョークを言い、日本語の実力を披露する人気者になった。彼は同性愛者に対する差別について発言したが、アメリカや日本におけるファシズム的な統治形態の拡大については論じようとしていないように見えた。

二〇一三年に三回対話して以来、連絡がないが、また会って話す日を楽しみにしている。

4

思いでの喫茶店「ザンジバル」

東京で頻繁に訪れたカフェは百軒ほどあっただろうか。しかし、その多くは二度と訪れることはなかった。時には、東京の広範囲を歩きながら、途中のカフェやそば屋、公園のベンチで立ち止まって勉強することもあった。日本人の日常生活を観察するために東京を歩くのが好きだった。日本人が小さな家の周りに花を育て、窓をとてもきれいに保ち、店を整頓している注意深い様子に私は惹かれた。

当時よく通ったカフェは三軒あったが、現在残っているのは一軒だけだ。最初のカフェは東急百貨店渋谷店の五階にあったザンジバルだった。ここのコーヒーは東京で一番おいしかったし、紀伊國屋書店の隣にあったので、いつでも立ち寄って興味のある本を探すことができた。磨き上げられた大理石のテーブル、各テーブルに置かれた繊細な花々がとても丁寧に手入れされていて、私はいつもザンジバルに引き寄せられた。

コーヒーを焙煎し、挽き、さまざまなフィルターに入れたコーヒーをカップに注ぐ献身的なスタッフの真剣な姿に、私は感動を覚えた。私はそこで何時間も読書をしたり、彼らの仕事を眺めたりしていた。ザンジバルは駒場にある大学にも近かったので、日本の古典文学を一人で読んだり、課題の準備をしたりするための隠れ家だった。二〇二三年に東京に戻ってきた時、このお気に入りのカフェが跡形もなく消え、親しみのあった東急百貨店がすっかり解体されていたことにショックを受けた。

その結果、消えてしまった東京を悼むという奇妙な状態に陥っている自分に気がついた。

原宿駅近くのカフェ「アンセーニュダングル」

授業で本郷三丁目に行く時は、赤門の真向かいにあるモアカフェで勉強していた。細長く、北側は床から天井まで窓がある明るいカフェで、店主の女性はよく私の読書に関する質問に答えてくれたり、お菓子を買ってきてくれた。東京での生活について実践的なアドバイスをしてくれたり、とても親切にしてくれた。今はレストランになっていると思う。

その時代に私が学んだカフェで今も残っているのは、アンセーニュダングルだ。

この静かなカフェは、半地下になっている。静かに本を読んだり、書き物をしたりするのにぴったりの木のテーブルがそこかしこにあり、おいしいコーヒーが飲め、当時のオーナーはとても親しみやすく、現代の日本や世界について意見を聞かせてくれた。最近、三十年以上ぶりに戻ってみると、家具は少しくたびれたものもあったが、基本的には同じように見えた。

東京に住んでいた頃、神保町の書店にも愛着を持った。その間に何百冊もの古本を買った。中国の歴史や哲学、日本の文学や建築、さらには西洋の歴史や文化に関する本が並ぶ専門書店をぶらつくだけでも、私にとっては大きな勉強になった。私はかなりの金額を費やして古書を購入した。一九九二年にアメリカに戻った時、私はそれらの本を十箱ほどアメリカに郵送しなければならなかった。中には台湾から取り寄せたものもあった。

日本や中国の古典文学に関するそれらの本は、私の書斎の中核をなし、長年にわたって生活空間を決定づけた。

東京大学駒場キャンパスは、私が留学した頃は手入れが行き届いておらず、少し荒れ果てていた。歩道沿いの低木は刈り込まれていなかった。私は研究生、大学院生として他の日本人学生と知り合うことを何よりも望んでいた。東大生は友達になるのが一番難しいと言われていたが、それは本当だった。

友達になりにくい東大の大学院生

私が在籍した四年間で親しい友人は何人かできたが、全体的に大学院生はそれほど話しやすい相手ではなかった。

日本人学生は自分の中に閉じこもりがちだった。中国や韓国からの留学生はもっとオープンで、日本語や中国語で頻繁に話す中国人留学生も何人かいた。しかし、重要なのは日本人と話すことであり、私は同じ日本人学生と話す努力を続け、最終的にごく少数の親しい友人を作ることができた。

奇妙なことに、最初は東大の学部生と話す方が楽だった。私も大学を卒業したばかりだったからだ。キャンパス内の荒れ果てた建物の一つを占拠し、政府や米軍に対するさまざまな集会や抗議活動を組織していた急進的な左翼学生のグループがいた。彼らの立場はアメリカとその政策に批判的だったが、優良企業に就職し、快適な生活を送ろうと懸命に勉強している他の学生たちよりも、なぜか私に積極的に話しかけ、関わってくれた。

おそらくそれは、彼らの目的が自分たちの考えを人々に伝えることだったからだろう。私が彼らと話すことに興味を持ったのは、私がアッパー・ミドル・クラスのアメリカ人ではあったが、豊かでも快適でもない生活をしていたことがある。私は「アメリカ神話」に疑問を持ち始めていた。

私は彼らが話してくれたアメリカとその日本での行動についての話をすべて覚えているわけではない。彼らの一人はアメリカによる広島と長崎への原爆投下について発言した。

ある日、彼は突然、「アメリカを許せないことが一つある」と言った。私は彼にどういう意味かと尋ねた。彼は「広島と長崎への原爆投下のことだ」と答えた。その時、私は彼の言葉の意味を深く考えなかった。結局のところ、日本に自由をもたらした戦争において、多少不公平ではあるが避けられない出来事に対して、日本人が過剰に感情的になっているのだと思った。しかし、それはアメリカ人の見方に過ぎないことに後で気がついた。一九九〇年代以降、アメリカにおける統治の全体主義的な性格がますます強まった。不透明な行政の伝統が長いことにも気がついた。これまで信じていた原爆投下の正当性にも疑問を持つようになった。

なじめなかった上下関係

東大駒場にバドミントン部があった。私は何の誘いも紹介もなく、突然クラブに入ったのだった。これは日本人学生にとって少しショッキングなことだったようだが、しばらくすると彼らは歓迎してくれ、私の日本語能力が乏しいにもかかわらず、かなりの時間を割いて日本語で話しかけてくれた。

何人かのバドミントン部員は私にとても親切にしてくれたが、私はすぐにこのクラブのルールに深い不満を感じた。バドミントン部の新入部員はサイドラインに座り、シャトルコックがバウンズの外に飛んだら拾わなければならない。他の学生と一緒にバドミントンの練習をする機会は文字通りなく、「練習」が終わって上級生が帰ったのちに練習をするだけだった。

そのシステム全体が年功序列に基づくもので、私には愚かで融通の利かないものに思えたが、それはアメリカ人として学んだ「公平とは何か」という私の思い込みの多くに反するものだったからでもある。

ミーティングでは社交の場もあったが、若者に対する上下関係への配慮があまりにも異様で、私にとっては社交の場があまりにも限られていた。私はクラブを去ることに決め、二度と戻ることはなかった。

それから何年も、何十年も、私はバドミントン部で過ごした短い時間のことを考え続けた。何年か経って、もし私に忍耐力があれば、たとえ最初の何回かはいい扱いを受けなかったとしても、バドミントン部に通い続けていただろう。数ヵ月後にはそのグループに受け入れられていただろう。最終的には、その学生たちの中から生涯の親しい友人ができていただろうと思うようになった。それが、私が日本語以外での経験で学んだことである。しかし、当時の私は日本社会がどのように機能しているのか理解していなかったため、焦りすぎて活動の可能性を断ち切ってしまった。日本人は慎重だから、「その関係には将来性がない」という私の思い込みは、在日アメリカ人として犯した最大の過ちの一つだった。日本人が慎重だったのは、生涯の交際を約束しようとしていたからだ。

日本語を話せないアメリカ人

日本語は少し話せるが、日本語を真剣に学んだことのないアメリカ人の長期駐在員に会う機会があった。努力することはできたはずなのに、その必要性を感じなかったことに失望し、アメリカ人として、少し恥ずかしくさえ思ったことがある。

その最初の人物は、ディヴィッド・キッドだった。一九九〇年にアメリカの美術史家の紹介で京都で出会った中国と日本の美術の鑑定家だ。

私は母と一緒に京都の清水寺近くにある彼の凝った邸宅を訪ね、彼が腕によりをかけて作った抹茶をいただいた。彼は一九四六年に中国に行き、中国の有力政治家の娘と結婚。その後京都に移り住んで外国人に茶道と書道を教えていることを誇らしげに話してくれた。

というのも、彼は何十年も日本に住んでいるにもかかわらず、文字通り日本語を話すことができず、日本人の使用人に頼っていたからだ。

壁一面に日本古来の絵画が描かれ、磨き上げられた箪笥や骨董品で埋め尽くされた豪華な家に住んでいる彼に、一体どれほどのことが理解できるのだろうか、と私は思った。どちらかといえば、彼の日本語に対する無知は、ほとんど自覚的であり、意図的なものに思えた。まるで、古典的な日本語を知らなくても、日本古来の専門家として、日本人に講義さえできるかのようだった。

彼の態度には、帝国主義とオリエンタリズムの臭いがした。エドワード・サイードが著書『オリエンタリズム』（邦訳は平凡社ライブラリー）で明らかにした思考様式だ。アメリカが日本に対して無制限の権限を持っていた時代を代表するものともいえる。それはいわば、その国のことについては、現地人より西洋人が科学的にもっとすばらしい研究ができるという思い込みだった。

中国美術のコレクター

その後、私は中国美術の専門家であり、コレクターであり、国際的なギャラリーのオーナーであるハワード・ロジャースとメアリー・アン・ロジャース夫妻と多くの交流を持った。ハワード・ロジャースは、私が学部時代にイェール大学で中国美術の教授をしていたリチャード・バーンハートの親友だった。彼は上智大学でいくつかの講義を持ち、鎌倉の山の上の大きな家に住んでいた。

彼らのギャラリー「懐古堂」は、海外の大金持ちに日本や中国の古美術を売っていた。ディヴィッド・キッドの場合と同じように、私は古代アジア文化に魅せられた彼らが、中国語や日本語が話せないという対照的な姿に衝撃を受けた。言語の細部に対する理解の欠如は、重大な過ちであると感じるようになった。しかし、のちになって、アメリカで教授をしながら感じたのは、言葉ができなくても、日本の芸術や文学の本質的な部分を理解することも可能だとも感じた。私の中では結論が出ていない。

ハワード・ロジャースとディヴィッド・キッドは、日本で不自由のない極めて快適な生活を送り、中国と日本の古典的伝統を理解しているが、日本語はよく理解できず、重要だとも思っていない、ある種のアメリカ人の典型だった。彼らの知識には感心したし、外国人に日本を説明するのもうまかった。ただ日本での客人としての保護されたデリケートな生活はゴールではなく、むしろ避けるべき罠であることがわかった。

奇妙なことに、この問題は私の実父の問題と重なっていた。交響楽団の最高経営責任者としてキャリアを積み、西洋のクラシック音楽に造詣が深く、フランスのプロヴァンスに別荘を持っていた父は、奇妙なことに、意図的に実際のフランス社会とは距離を置いていた。流暢なフランス語を話す父は、フランスに行った時、現地の新聞を読むこともなく、知り合いのフランス人と深い議論を交わすこともなかった。彼はフランスをありのままに理解しようとはせず、むしろエキゾチックな文化と美味しい料理を楽しみながらリラックスできる素敵な場所として捉えていた。

日米のかけ橋を夢見て

私がアメリカと東大での学習で知っていた徳川時代の日本は、芭蕉や近松といった日本語で日本文化について書いた人たちのことだった。しかし、十八世紀の文学に関する修士論文準備のために図書館をさまよった時に知ったのは、当時のほとんどすべての知的言説は主に漢文で行われており、それ以上先に進みたければ、その言語とその背後にある哲学を理解する必要があるということだった。

私は博士号を取得することを決め、将来は大学教授になることを考えていた。一九九一年までには、日本文学と中国文学の教授になり、博士号を取得するためにアメリカに戻ると決めていた。アメリカとのコネクションを生かし、将来の架け橋のような役割を果たせれば、最も貢献できるのではないかと思った。

また、日本文学や中国文学の学び方は、日本ではやや限定的だと感じた。難解なテクストの読み方を学び、伝統社会の複雑さを理解することはできたが、歴史的、哲学的な意味でのテクストの解釈についてはほとんど議論されなかった。私は思想史と文学の交わりや、出版や教育への新しいアプローチの関係を研究したかったのだが、授業ではそのようなアプローチはまったくなかった。

少なくとも数年間はアメリカに戻りたいと思ったのには、他にもいくつか複雑な理由があった。両親と過ごす時間が少なく、家族の一員になれなかったことに罪悪感があった。アメリカがいかに技術や教育で遅れをとっているかを痛感し、若い人たちに日本や中国の文化を紹介することで、アメリカ人の役にも立ちたいと思った。

最初の数年間は日本をとても楽しんでいたが、長い目で見ると、日本文化のある側面が私には難しかった。アメリカ人の場合とは違い、日本の学生たちと本当に親密な友好関係を築くのは難しいということに気づいたのだ。

日本人の学生たちは愛想がない、あるいは私を排除しているというわけではなかったが、気軽に誰かを家に招いて遊んだり、話したりすることはなかった。まれに例外があるにせよ、彼らは自分の私生活や感情について詳しくは話さなかった。私は彼らを信頼していたが、あまり自分のことを話すと、彼らが不快に感じるのではないかと感じた。私は留学中、日本人の友人を何人でも呼び出して、好きな時に会ったが、私に電話をかけてきて、会う時間があるかどうか尋ねてくる人はいなかった。

第三章——ハーバード大学からイリノイ大学へ

ハーバード大学（インスタグラムより）

一九九二年九月、私はハーバード大学の博士過程に進んだ。ハーバードには、日本研究で抜きん出た教授が多く在職しており、ぜひ学びたいと考えたからだ。アメリカに戻る準備をした時、私は二八歳だった。

日本に来たばかりの頃、私は日本人に魅了された。完璧な身なりをし、私や同じ日本人を思いやり、温かく、想像力豊かで、清潔な空間を作り出していることに惹かれた。すべてが芸術作品であり、体験であり、ちょっとした買い物でさえも楽しかった。

日常生活の快適さ、完璧に品揃えされ、掃除された店で買い物をする楽しみ、地下鉄で完璧な笑顔と表情を浮かべる人々を見る楽しみは、代償を伴うものでもあった。

日本社会には、体裁や礼儀や人間関係に常に気を配ることから生じる、表面下の微細なレベルの緊張があった。何年か経つうちに、その微細なレベルの緊張が私を疲れさせ始めた。日本人の友人との会話で疲れを感じた。それは私が会話に多大なエネルギーを注ぎ込まなければならなかったからだ。相手も会話が完璧に進むよう、最大限気を使ってくれていた。私は日本から離れ、もっと冷静に日本を見る必要があると感じた。

自分のキャリアを左右するアメリカに戻るという大きな決断だった。自分の本をすべて箱に入れてマサチューセッツ州ケンブリッジに郵送し、アパートを丁寧に掃除した時には、これは自分のアプローチの一時的な変化に過ぎないと思った。ハーバード大学で学んだ三年後には東京に戻り、キャリアのほとんどをそこで過ごすことになるだろうと思っていた。日本には信頼できる良い友人たちがいたし、日本の習慣や考え方に慣れっこになっていた。しかし、三年後に戻るはずだったのだが、実際には三十二年後になってしまった。

1

英語の授業に戸惑う

その後、私の人生は大きく変わってしまった。

アメリカの大学院に戻った私は、文化的ショックを受けた。毎日、日本語を読んだり書いたりすることに慣れていたので、英語の講義についていけず、長い論文を英語で書くのも最初は大変だった。明らかにアメリカは私の国であり、私はアメリカの産物だったのだが。また、アメリカ

ハーバード大学で博士論文を書いていた頃、同級生と。（左端筆者）

を離れていた期間が長かったため、アメリカにおける多くの社会的・政治的発展について無知であった。

友人や家族はアメリカ文化の中で発展してきたが、私はいつの間にか道を踏み外していた。しかも、アメリカ的な視点を完全に取り戻すことはできなかった。日本で多くの時間を過ごしただけでなく、基本的にアメリカ人と交流することもなく、ほとんどの情報を日本語で得ていたからだ。

万葉集の専門家、クランストン教授

ハーバード大学では日本文学と日本史の授業に加え、中国文学の授業も多く取った。日本研究において重要な教授陣が何人かいたが、私が親しくしていたのは、万葉集の専門家であるエドウィン・クランストン教授だけだった。クランストン教授の主な関心は翻訳と詩作であった。『和泉式部日記』や『古事記』、『日本書紀』、『万葉集』などの古文書から一五七八首の和歌を紹介した翻訳集『和歌集 第一巻 宝石の盃』などの著書があった。

彼は言葉の深く神秘的な美しさに関心があった。

クランストン教授のオフィスは、中国や日本の貴重な書籍が揃ったイェンチン（燕京）図書館と東アジア言語文明学科がある元・地理学館二号館の北東の角にあった。

建物は一九二〇年代のもので、天井が高く、長い窓からは裏庭のオークの木が見下ろせた。クランストン教授は、秋になると、オークの木の葉を窓の前に繊細な糸で吊るすために、最も美しい葉を何枚か拾ってきた。作り付けの本棚には日本文学の古書が所狭しと並んでいた。中には逆さまになっている本もあった。二〇年前に引っ越してきた時、業者に逆さまに本棚に入れられたのだという。興味深いことに、彼はそれらを触ることも、正すこともしなかった。

クランストン教授は長い白髭を蓄え、謙虚で控えめな風貌をしていた。詩人だと思う人もいるだろう。

ドレスシャツの上に青いカーディガンを着ることもしばしばだった。控えめな外見とは裏腹に、授業の予習をしてこなかったり、古典的な日本語を十分に使いこなせなかったりする学生には、非常に厳しい態度で接することもあった。ハーバード大学在学中、私は彼の文学講座を二つ受講した。一つは古今集、もう一つは連歌である。

最初の授業は一九九二年の秋からで、四人の学生で、いつもクランストン教授のオフィスで行われた。クランストン教授は詩の中における他の文学作品への言及や、西洋の伝統的な詩との比較について時間をかけて説明した。さらに彼は詩が伝える体験を、私たちの日常生活と比較するのが好きだった。

一九九四年の連歌講座の受講生は私一人だった。そのコースは、私たち二人は関連性があると思うものを自由に幅広く読み、過去と現在の文学や文化について自由奔放に語り合ったという点で、私にとって最も思い出深いものの一つとなった。彼はそのアプローチにおいて、むしろ平安時代の日本の詩人に似ていると思った。

印象深いスティーブン・オーウェン教授

ハーバード大学で私に最も影響を与えた教授は、スティーブン・オーウェン教授だった。スティーブン・オーウェン教授はイェール大学で私が在籍していた東アジア言語文学科を卒業し、私が学部生としてイェール大学で学び始めた一九八三年の直前にイェール大学を去って、ハーバード大学に赴任した。スティーブン・オーウェン教授はかなり複雑な性格をしており、時に内気で、時に学生に対してきびしい要求が多く、自己主張も強かった。

短いあごひげを生やし、服装には少しも気を配っていなかった。授業と研究に集中しすぎているようで、信じられないほど幅広い読書をし、それ以外のことはあまりしていなかった。

1992年スティーブン・オーウェン教授の唐詩ゼミメンバー。前列右2人目が筆者。右端オーウェン教授。写真に写る多くがその後、大学で教えている。

私はオーウェン教授より中国語の発音がうまかったが、オーウェン教授は私には一生勉強しても決してできないような古代漢文を操っていることにすぐ気がついた。

スティーブン・オーウェン教授のこのスキルは、まだ競争心が強かった時期の私にとって重要だった。スティーブン・オーウェン教授やロバート・キャンベルのように天才的な語学学習能力を持つ人もいるが、自分にはそういう天才的な語学能力はなかった。オーウェン教授は私と文学の曖昧な話題について手紙を交換するのが好きで、古代中国からヨーロッパ哲学まで興味の対象が極めて広かった。一九九三年にハーバード大学で電子メールサービスが始まった時、私はオーウェン教授と中国の古典文学、大学や教育のあり方、アメリカの文化の変化といった話題につ

スティーブン・オーウェン

いて、長文の電子メールをやりとりするようになった。

私は手書きの手紙も書いたが、それに対してオーウェン教授はしばしば手書きの手紙で返事をくれた。そのため、実際にコーヒーを飲みに出かけたことは一度もなかったが、ハーバード大学時代の終わりには、私は他のどの教授よりも彼に近づいたと思っている。

オーウェン教授も、私が彼の知る一握りの学者のような天才的な中国語の能力を持っているわけではないが、文学とは何かを常に考え、それを言葉で表現しようとしていることを認めてくれたのだと思う。

余談だが、オーウェン教授とは奇妙な因縁があり、それが明らかになったのはかなり後になってからだった。

私は彼が幼少期に住んでいたセントルイスで育っただけでなく、弟も母もオーウェン教授の父が教授をしていたワシントン大学で学んだことだ。さらに私たちはイェール大学の同じ学部で古典中国語を学んだ同窓生だった。

スティーブン・オーウェン教授の妻は長年がんを患い、私がハーバード大学にいた二年目に亡くなった。その死は、息子との間にかなりの葛藤を引き起こしていた。私はそれを完全に理解することはできなかったが、あるときオーウェン教授の自宅に電話をして、息子との会話からギクシャクした感情を感じ取った。

それから約三十年後、長年連れ添った私の妻ががんとの長い闘病生活の末に他界し、一年後に再婚した。そのことが息子との間に誤解を生むことになった。

私がイリノイ大学の助教授になり、国際関係について執筆するようになってからは、文学から遠ざかり、オーウェン教授とは音信不通になった。私の学問的キャリアにおける損失の中でも、彼との友情を失ったことは、私にとっておそらく最大のものであった。

比較文学の方法

ここからはやや専門的な話になるが、私の研究テーマと深く関わるので、少し触れておきたい。アジア文学に関わる比較文学の標準的なテーマは、フランス文学が日本文学に与えた影響や、漢詩の英訳といったものだった。中国、日本、朝鮮の文学を比較するという概念は異質なものであった。このテーマに関する研究は最近出てきたが、それは十九、二十世紀の文学に限定されがちであった。

しかし、十八世紀における三つ国の伝統の文学的関係がどのようなものであったかは、今日に至るまで比較的未知の分野だった。日本、中国、韓国の古典文学を専門とする専門家で、他の伝統を深く理解しようとする人はほとんどいない。

私は東京大学の学生として、西洋文学の偉大な研究書『ミメーシス』に深い感銘を受けた。戦後イェール大学に移ったドイツ文学者エーリッヒ・アウエルバッハは、同大学の文学研究に直接的な影響を与え、私にも大きな示唆を与えた。

アウエルバッハは、一九三五年にナチスによってマールブルク大学のロマンス言語学の教授職を追われた後、逃亡先のトルコのイスタンブールに住みながらこの本を書いた。彼は、古代から現在に至るまで、ヨーロッパのあらゆる主要な文学の伝統を横断して、文学における現実の表象をたどり、文学史の全体像にインスピレーションを与えた。

長年にわたり、アジアにおける日中韓文学の比較研究に数多く出会ってきたが、アウエルバッハの著作に見られるような深い洞察力を持つものはなかった。実際、アジアやアメリカの研究者による日中韓文学の比較は、そのほとんどが表面的なもので、三カ国のより大きな思想的・文学的歴史には関心がなく、さまざまなテクストにおける借用の例を特定するにとどまっているように感じた。

1995年3月　好きだったロシアカフェで。

私の研究テーマ　日本知識人の中国受容

ハーバード大学に一九九八年に提出した博士論文は、日本と朝鮮の知識人の中国小説に対する理解比較と、十八世紀以降日本と朝鮮における小説に対する認識の変遷をテーマにしたものだった。

私はハーバード大学で博士論文を書きながら、日本の知識人が中国の通俗小説をどのように読み、どのように理解してきたかについて学ぼうと努力した。また江戸時代の知識人が、古代の中国だけではなく清朝の文化に関心を持ち、中国を研究した過程に触れた。

一九九四年に私の人生に起こったもう一つの変化は、その後の針路を大きく変えることになる。

私は中国語や日本語だけでなく、韓国語も学ぶことが重要だと考えた。その動機は、西洋の比較文学ではフランス、イギリス、ドイツ、イタリア文学の知識が前提とされているにもかかわらず、アメリカでも東アジアでも、東アジアの文学や文化に対する関心が低いことに気づいたからである。それだけに、比較文学の教授になろうと考えはじめた。少なくとも中国語や日本語と同じように韓国語も学ばなければならないと強く感じていた。

2

思いがけない村上春樹との出会い

ハーバード大学に通っていた時、私の胸を踊らせる出来事があった。

それは一九九三年から一九九四年にかけて、村上春樹がケインブリッジ（アメリカ・マサチューセッツ・ケインブリッジ・ハーバード大学）に滞在したことだった。春樹の小説を長年翻訳してきたジェイ・ルービン（ハーバードスクエア）の招待によるものだった。教授は春樹と彼の奥さんである陽子を招待し、一九九四年から一年間の滞在費用を負担した。

春樹は現代文学の象徴的な人物として知られている。古典文学を専攻していた私とは少し距離があった。ほとんど彼の本を読んだことがなく、文学評論家たちの紹介文を通して知る程度だった。評論家たちは彼の小説で描かれている日本社会については語らず、作品そのものが現代文学の最高峰と評価した。

ある日の夜、ルービン教授から電話があった。春樹が困っていると言うものだった。レンタルした大型のオフロード車が、ケインブリッジで借りたマンションの駐車場の天井が低くて入れな

村上春樹の小説翻訳者　ジェイ・ルービン

いと言う。受話器の声は随分焦っている様子だった。ルービン教授はどうにかしてこの状況を解決せねばならず、結局私に助けを求めてきたのだった。

電話を切ってから、すぐに自転車に乗って春樹のマンションへ向かった。ルービン教授が言っていたマンションの前に着くと、オフロード車が停車していた。車内には小柄な日本人が乗っていた。春樹だった。彼は黄色のラクロスのTシャツにサングラスをかけていた。彼が乗っている車はケインブリッジとは合っていなかった。それはレイモンド・カーヴァー（アメリカの小説家、詩人）の小説にでも出てくるような大きな車だった。

私を見つけた彼は照れながらも嬉しそうに挨拶をした。私も簡単に挨拶をし、まず問題から解決しようと言った。今すぐ自分が頼める人は大木康教授だった。当時ハーバードに在籍していた大木教授は、キャンパスからあまり遠くないマンションに住んでいた。マンションの地下は比較的大きな車が入れる駐車場があった。まず、大木教授に電話して許可を得た後、春樹の怪物のような大きな車を動かした。

私たちは夜の十一時頃、やっとそのマンションに着いた。駐車を済ませ、場所を貸してくれた大木教授に挨拶へ行った。家に入ると上品でありながらも家具ひとつないスッキリとしたリビングが目に入った。突然集まった場ではあったが、私たちは一時間くらい色々な話をした。ケインブリッジでの生活と日本での仕事、イラク戦争のような最近の時事問題などについてだ。お互いの経験と考えが交差した。

観察と執筆の関係

話の途中で春樹はアメリカの生活に関しての質問をしてきた。やはり引っ越してきてまだ整理が終わらず、処理すべきことも多そうだった。彼は電話線を繋げる方法から日本の料理店まで聞いた。話が出たからと大木教授はマサチューセッツ・アヴェニューにある居酒屋に案内してくれた。席に着きビールを注文した。春樹とその場でも多くの話をしたが、プライベートの話には慎重だった。

自分の作品についてはあまり話したくないようだった。むしろ熱く語ったのは私たちが飲んだビールをつくる人たちについての話だった。初対面だったが、春樹は普通の人とは随分違うと感じた。もしかしたら彼は非常に独立した気質の持ち主かもしれないと思った。

駐車する場所を見つけるため私に助けを求めたが、彼の性格からすると、できる事は自ら解決しようとするだろう。それともう一つの印象は意外に気さくな人だという点だ。人たちの前で自分を誇示する事を好まない人だということだ。

彼は英語を理解する能力が非常に高い。しかし、彼とは日本語でやり取りした。その後も彼の姿はそう変わりはなかった。私が彼のことを飾らない人と言ったのはわざわざ英語を使って自分を誇示しないよう努めていたためだ。ありのまま、人々に接した。

その日、居酒屋を出て春樹と私は歩いて彼のマンションまで行った。夜が随分ふけていたため握手をして別れた。私はすぐ家に向かったが、彼は家に帰らずマンションの前を散策していた。見慣れぬ都市が魅力的だったのか、それとも新しい小説についてのモチーフを探すためなのかは分からなかったが、彼はしばらくの間家々を一つひとつ眺めていた。いくつかの作品が彼の経験に基づいて書かれているのを見ると、もしかしたら観察は、執筆に向けた活動の一部なのかもしれない。

ある日、ルービン教授から電話がかかってきた。春樹と妻の陽子が私を彼の家に招待したいということだった。駐車の件でお礼がしたいとのことだった。特に忙しいわけではなく、断る理由もなかったので喜んでお受けした。その日も春樹はあまり話さなかった。ほとんどは陽子が会話をリードした。彼女と会話しながら普通の人とは違う興味深い部分を発見した。それは春樹の小説への彼女特有の解釈方法だ。彼女は小説をまるで生きものや人のように接した。

小説は彼らの子ども

「その小説はとても気の毒で可愛そうだわ」。

陽子は、春樹の小説についてこんな表現を使ったこともある。悲しい表情だった。文学作品に対する彼女の愛情が感じられた。二人の間には子どもがいないが、小説は二人にとって子どものような存在なのかもしれないと感じた。

春樹の話題は、大学で出会った人たちになった。彼が関心を持ったのは若者たちから感じるエネルギーだった。ハーバードの名声などには関心が無かった。また教授たちとの会話にもあまり興味がないようだった。

彼はほとんどの時間を一人で静かに過ごしたが、彼を外へ引っ張り出す人たちがいた。それは彼が関心を持っていたコミュニティや大学院生だった。当時彼は四十四歳だったので、学生たちはちょうど十歳ほど若かった。

今も私の手元には春樹と一緒に撮った写真が一枚ある。少しピンボケだ。当時、私はケインブリッジのプレンティス街にある古い家の一階に住んでいた。友達を呼び討論の集まりができるくらいの小さな家だった。床には百年経ったペルシャ絨毯が敷かれ、周りには古い家具が並んでいた。

部屋の住人になった家具は、ほとんど市内の中古家具屋で購入したものだった。私たちはここに集まるとアジア文化と関連のあるさまざまな研究について討論した。集まりが頻繁にあったわけではないが、時代の懸案について真剣に討論して個人的な経験についても共有できる貴重な機会だった。

ある土曜日の午後、うちに春樹が訪れた。その日、私たちはさまざまなテーマで討論した。話し合いが続く間、彼はほとんど黙って聞いていた。前にもそうだったように、次の小説のネタにするものを得るため私たちの会話や仕草一つひとつを観察し、頭の中でイメージしていたのかもしれない。私は彼の沈黙が恥ずかしさゆえのものではないことを知っていた。人類学者が被験者を観察するように、極めて慎重に私たちを観察していた。彼の小説はそうやって研究するように観察して得た結果物だ。

ある時、彼の考える小説と学問の違いについて聞く機会があった。その日は学生たちに論理では説明できないさまざまな状況について語っていた。学生のうちの一人がその小説を学術的に研究するのは難しいと言うと、春樹はこう答えた。

作家に与えられた使命

「小説を書くために作家は沢山観察をします。それから現実に当てはめ、文学という枠の中で仮想の世界を創造します。そこでは全ての名を変えることができ、文の流れも隠喩的に表現されます。一方、学問では注釈をつけ、全てを明確に説明しなければなりません。一目瞭然にそれが真実であると立証しますね。しかし、誰かが注釈を使い小説全体を分析しようとしたら、文学的なものを遮ってしまう事になりませんか」

小説はそれ自体が日常そのままだ。つまり動物園のような存在だが、学術的な文章は動物の剥

1993年9月　私のアパートに村上春樹と奥さんの陽子さんとハーバード大学英文科大学院生のエリック・マラーが訪ねてきた。
右から陽子、筆者、村上春樹、エリック・マラー

製で埋め尽くされた博物館のようなものだと言うのだ。情熱的に語る彼の姿を初めてみた。彼が語る文学論は非常に魅力的だった。

春樹はそれ以上、何も語りはしなかった。彼との議論は一時間以上続いた。春樹は私の友人であり作家で、俳優でハーバード大学の英文科の大学院生だったエリック・マラーと気が合った。エリックはさまざまな分野において努力を惜しまない友人だった。大学院ではなかなかいない友達の一人で、就職活動にとらわれず、ひたすら文学にだけ専念した。

エリックと私は春樹と何日も夜を明かし、文学について議論した。私たちがよく集まった場所はインマン（Inmam）広場のS&S食堂だった。その食堂は一九一九年からケインブリッジでニューイングランド式の食事ができる代表的なところだった。

ある時は春樹と「急変する世界情勢での作家の使命とは」というテーマで討論をしたりもした。そこでエリックは日本文学、特に作家である春樹を紹介する時にぶち当たる壁について語った。左記の内容は私が記憶している、その討論の一部である。春樹の率直な考えが現れている。

エリック・マラー　ハーバード大学を例に挙げて見ると、春樹の作品を翻訳したジェイ・ルービン教授のように、真剣に日本文学を受け入れ、研究する教授たちがいます。その一方で、英文学や他の学科の教授は、日本文学があまりにも大衆向けに書かれていると批判し、避ける傾向があります。

エマニュエル・パストリッチ　けれど英文学の教授たちの中で、あなたの小説に魅了される人もいると聞いたことがあります。これまで自分が読んだ英語圏の作品と比較して、面白いと感じたのでしょう。そのような面では春樹の小説の大衆性はどこからきたのか、十分に討論のテーマになると思います。

村上春樹　もしかしたら彼らも週末になれば、学者の地位や権威を忘れて、私の作品を読んだかもしれませんね。私のような作家の作品が純文学として受け入れられるには時間がかかるだろうが、いつかはそうなるでしょう。

エリック・マラー　美術の分野を見るとフィンセント・ファン・ゴッホは明らかに十九世紀の他の作家に比べて言うまでもないくらい大衆的な作家でした。現在、彼は最も人気のある作家とされています。彼のように春樹の作品の再評価が、文学の世界でも起きると思います。問題は、それがどのくらいかかるかということでしょう。

春樹の小説の再評価

エマニュエル・パストリッチ　文学や伝統が再整理されるまでには相当な時間がかかります。それは更に大きな地政学的な文化の変化とも違った問題です。私たちは経済や技術的な面での進歩が西洋からアジアに徐々に移り変わっている現象を見る事ができます。このような移動は文化や芸術にも新たな活気を呼び込んでいます。もちろん私もその動きを感じていますが、問題はひとりを除いて残りの作家たちの名前がほとんど知られていないということです。言うならば「疎通の不在」でしょう。

村上春樹　その「ひとり」とはここであなたとビールを飲んでいる人のことのようですね。ハハハ。そうですね。とてもいい指摘です。まさに疎通の不在、この問題が最も大きな原因でしょう。実際に作家は大きな共同体の一部ですが、その共同体の枠に入らず、遠く離れて自分だけの閉ざされた空間に入り、自分を閉じ込めてしまいます。そのためコミュニケーションができないことが多いと思います。しかも国際的には言語という壁が立ちはだかり、さらにコミュニケーションが取りにくくなります。作家たちは自分だけの閉ざされた部屋から出て、共同体の枠の中に入るべきです。コミュニケーションは共有から始まると思います。共有なくしてコミュニケーションはできないと思います。

エマニュエル・パストリッチ　確かにノーベル賞を見るとそんな気がします。科学専攻の人たちはノーベル賞を受賞した教授の弟子となり研究を共有します。もちろん分野も違いますが、文学ではかなりの違いがありますね。閉ざされたネットワークを打ち破るのが容易ではないということです。アジアでノーベル文学賞を受賞するのが難しいのも同じ理由でだと思いますが…。

村上春樹　それも一理ありますし、それ以外にも翻訳の質的な問題も見る必要があると思います。ジェイ・ルービン教授は私にとってとても重要な人です。私の作品を翻訳してくれましたからね。しかし、一部の厄介な翻訳家たちのせいで、日本の良い作家たちが西洋で花も咲かせず、枯れてしまう場合もよくあります。そのような点では翻訳が必要ない美術や音楽が羨ましいです。

しばらくしてからエリックは話題を変えて文学的なパフォーマンスについての話を始めた。彼はモノローグ（独白）を、自身の文学活動において非常に重要な要素として考えていた。自分の作品を自分で読み上げることだ。俳優と観客の境界線をなくす画期的な発想だったといえよう。思いのほか春樹が非常に関心を示した。

エリックはその舞台を「時間の破片（Time Pieces）」と名付けた。それから一週間後、春樹と私は大学内にあるレブレットハウスの地下室で椅子に座っていた。エリックは自分で自分の作品を渾身の力を込めて読み上げた。春樹は完全に公演に没頭していた。そしてパフォーマンスが終わると彼はエリックを絶賛した。

一九九九年、イリノイ大学の助教授として日本に行く機会があった。その時、春樹の事務所を訪れた。東京の青山にある小さくて素敵なマンションだった。春樹は当時、日本語を習っていた私の前妻と話し、格別に気を遣ってくれた。彼の奥さんの陽子も隣で日本語の勉強の仕方についてさまざまなアドバイスをしてくれた。

その後も私たちはたまに連絡し、お互いの近況などを伝え合った。その後、私の息子のベンジャミンが二〇〇二年六月に生まれた。それを知った春樹は、手紙と一緒にプレゼントを贈ってくれた。

小さな動物が付いたモービルだった。そのモービルは何年もの間、子ども部屋にかかっていた。それは子どもたちの部屋になくてはならない家族のようなものだった。その後、頻繁に会うことはできなくなったが、いつ再会しても彼の家族と私の家族はお互いを思い、楽しいひと時を過ごすだろう。

3　効率性を追い求める大学

ハーバードに話を戻そう。アメリカのトップにあるこの大学も変わりつつある。一握りの学生のための専門的なトピックに関する講座は容認されず、効率性と生産性を追求するあまり、かつてあった知的自由の多くが破壊されてしまった。この変化は、大学に対する銀行の力が強まった結果であり、ハーバード大学理事会の超富裕層の力が強まった結果である。知的自由の喪失はひどいものだ。

ハーバードの恩師であるクランストン教授について覚えているのは、私がアドバイスを求めて、あるいはただ挨拶するために彼のドアをノックした時、彼はいつも机に向かって日本語の本か英語の本を読んでいたことだ。

彼は一日中、ただそこに座って本を表紙から裏表紙まで読んでいた。古代から続く学者の伝統にしたがって、彼はものすごい集中力でそうしていた。それは研究のためでもあったが、世界と古代の人々の生活を自分なりに理解しようとする、より大きな精神的探求のためでもあった。

クランストン教授はまた、人権や平和を求めるさまざまな世界的運動にも関わった。彼は世界中の重要な政治家を刑務所から釈放するよう求めるキャンペーンや、恐ろしい軍事作戦の終結を求めるキャンペーンの一環として手紙を書いた。教授には、研究以外の場で活動する道徳的義務がある、と私が感じ始めたのは、それから何年も後のことだった。

クランストン教授は、私が一緒に学んだハーバード大学で唯一、知的で道徳的なコミットメントを持った人だった。

最終的に、私はクランストン教授といるのが一番居心地がよく、彼に絶大な信頼を寄せていた。しかし、キャリア設計やインパクトのある論文を書くことに関しては、彼はそれほど強くはなかった。

ハーバードからイリノイへ

私は博士論文の大半を書き上げると、一九九八年にアメリカで日本文学の仕事を探すことに身を投じた。当初、私はスティーブン・オーウェン教授のようなハーバードの中心的な教授たちからの強力なサポートがあれば、その年にハーバード大学で開設されたばかりの日本文学と比較文学のポジションを得るのに苦労はしないだろうと思っていた。しかし、私は間違っていた。

ハーバードの日本研究科の教授陣らからの私に対する支持を過大に評価していた。全学科の中で最も有名な教授であるスティーブン・オーウェン教授との親密な関係が、すべてを変えてくれると思っていたのだが、日本文学を教える人物を探す上での彼の影響力は極めて限られていた。文学を中心とした比較文学科の教授陣は私のことを知らず、私も彼らのことをよく知らなかった。

私は一九九八年の春に比較文学科で面接を受けた。初対面のドイツ文学、フランス文学、アラブ文学、スペイン文学の教授たちが並んでいた。一人の若い教授が突然、「どの文学理論があなたに最も影響を与えたか」と尋ねてきたので、私は驚いた。

私は研究に必要な中国語、日本語、韓国語の難解なテキストを理解し、日本、韓国、中国の十八世紀の知的歴史をたどろうとしていると答えた。スティーブン・オーウェンのような教授が持っている専門的な知識があることを彼らに示したかった。

しかし、後で知ったことだが、比較文学部の教授たちは、そのような細部の研究は退屈で、重要でないと考えていた。彼らが求めていたのは、植民地主義、アイデンティティ、あるいは文化的抑圧についての力強い議論だった。

またハーバード大学では助教授の公募に応じたが、その面接では西洋文学や中東文学の比較文学にしか関心のない教授ばかりだったことがわかった。アジア文学への理解も興味もあまりなかったため比較文学科と、東アジア言語文明学科に助教授の割り当てが少なかった。日中韓の比較文学という考え方は、当時としては新しいもので、なかなか理解して貰えなかった。結局ハーバードには採用されなかった。この大学でキャリアをスタートさせていたら、私の人生はどう変わっていただろうかとよく考える。

さまざまな努力の結果、私はイリノイ大学アーバナ・シャンペーン校の日本文学助教授という身分を得た。アーバナ・シャンペーン校は工学とコンピュータ・サイエンスで有名な大学で、シカゴから南へ二時間ほど行ったトウモロコシ畑の中にあった。ボストンや東京からは遠く離れていたが、私が育った中西部の街、セントルイスからはとても近かった。

シャンペーンの通りを歩いていると、この数奇な運命の巡り合わせによって、私は奇妙にも子供時代の文化に立ち戻ることになった。それは確かに、ハーバード大学とは違い、ありのままのアメリカに直面することを意味していた。その変化は、アジアが平均的なアメリカ人にとって何を意味するのかを考えさせるもので、私にはプラスだった。

イリノイ州の特色

中西部に位置するイリノイ州は文化的にも人口統計学的にも珍しい州だ。金融、テクノロジー、農業においてシカゴが重要な位置を占めているため、かなりの経済力と工業力を持つ大きな州の一つだ。ただ、文化的にはかなり分裂している。

全州的にみると一般的に民主党候補を支持しており、政治的には進歩的といえる。しかし、その傾向はすべてシカゴ市の居住者にみられる。シカゴ市は民族的に多様で、高学歴の専門職が多く、シカゴ大学やノースウェスタン大学などの主要大学がある。イリノイ大学アーバナ・シャンペーン校周辺を含む州のその他の地域は、トウモロコシ畑だけが広がる非常に田舎で、内向き志向が強い。白人のキリスト教徒が市民の多くを占めており、保守的で排外的な感情を持っている。

私が知っているイリノイ大学の大学院生の多くは、日本やその他のアジア諸国から来ていた。

イリノイ大学　同校公式ホームページより

農村の農民や地元の人々に会うと、アジア人に対する深い敵意を向けられるため、大学周辺から離れるのを恐れていた。この敵意は、ラジオやニュースで繰り返される「アジア人はアメリカの衰退の原因であり、信用できない」と伝える報道によって引き起こされた。二〇一七年六月九日、イリノイ大学で中国人大学院生、章瑩穎《ジャンインイン》が白人男性に誘拐後、レイプされ殺害された。恐怖は増すばかりだった。

　教授としてアジアについて深い誤解を持ち、根拠のない敵意さえ抱く学生たちとの出会いは、自分の役割とは何かを考え直すきっかけとなった。ハーバード大学で教授になろうと考えた時、私にとって最も重要なことは、中国語や日本語の古代の文献を歴史的文脈の中で完璧に理解すること、つまり、一握りの学者しかできないような古代の歴史や知的・文学的伝統に精通することだと思っていた。

　イリノイ大学では、それはもはや優先事項ではなくなった。一般のアメリカ人に日本文化を紹介し、日本文化が、いかに彼らの人生にとって有意義な世界理解の方法を提供しているかを説明することが、私にとって非常に重要になっていた。私の仕事の大部分は、技術や経済の面でアジアがアメリカにとってどれほど重要な存在になっているかを学生たちだけでなく、他の学科の教授にも教えることでもあった。

日本文化クラスは満員

イリノイ大学は、東京大学やハーバード大学とはまったく異なる環境だった。あまり裕福とは言えない中流家庭の学生も多くいた。シカゴやイリノイ州から出たことのない学生も多かった。イリノイ大学近くのトウモロコシ畑に囲まれた田舎町から来た学生もいたが、アジア人などおらず、マイノリティもまったくいなかった。私はパークランド・コミュニティ・カレッジでも講義を担当した。ここでは学費を稼ぐために懸命に働かなければならない勤労学生たちと知り合うことができた。

私が教えていた日本文学や日本文化のクラスはいつも満席で、学生だけでなく市民のアジアや日本への関心の高さを物語っていた。多くの学生は子どもの頃に楽しんだ、ポケモンやドラゴンボール、その他のアニメから日本文化に引き込まれた。文化に触れたパターンは似ているが、彼らは子どもの頃に触れた日本文化を理解していたのに対し、私は幼い頃に見た日本のアニメをほとんど日本の特殊文化として理解していなかった。

そうした学生の一部は大学に来る前にすでに日本語を独学していた。彼らは日本を、アメリカの平凡な文化に代わるものを提供する国として見ていたが、彼らの関心は、現代文化に集中していた。

このため、学生と話す準備として、村上春樹や三島由紀夫をより多く読む必要があったし、マンガやアニメを理解する必要もあった。現代日本文化と伝統文化を関連づけることを学び、あるいは学生と市民にそのような質問をするようになった。

文学研究から遠ざかる

イリノイ大学在職中の最初の二年間は、日本語プログラムを担当した。日本語を教える大学院生の指導に当たる一方、上級者である四年生の日本語コースを担当した。長年外国語を学ぼうと努力してきた者として、また、日本語をマスターするのに苦労してきたアメリカ人の視点を持つ者として、日本語のユニークな特徴や日本語を早く習得するコツ、辞書の使い方などを、おそらくほとんどの日本人が思いつかないような方法で説明することができた。

日本語をできるだけ正しく、できるだけ多く話すこと、そして日本人が世界をどう見ているかを想像することに挑戦するように学生たちに要求しなければならないと強く感じた。真のコミュニケーションとは、単に言葉だけの問題ではないからだ。研究者になるというより、社会貢献の一部だと思った。

その仕事は、アメリカ人がアジアを正確、かつ包括的に理解することで、アジアからの大きな挑戦に対応できるアメリカの姿を想像した結果だった。このような考え方が、私のキャリアの将来を決定づけ、私を文学研究から徐々に遠ざけていった。

保守的な政治家からの反発

もし私が根っからの純粋な学者であったなら、教える仕事は最小限の時間にとどめ、日本や中国の小説の研究を続け、できるだけ多くの論文を学術雑誌に投稿し、ハーバード大学での再就職を目指しただろう。実際、二〇〇〇年に再びそのチャンスがあった。しかし、私がアジア言語を学ぶ動機は、教授になりたいという願望から始まったのではない。私の興味は、アメリカにおいてアジアがどのように理解されているのか、そして大学はどのように運営されているのか、大学の優先順位はどのように設定されているのか、大学の真の目的は何なのか、ということに移っていて、アメリカ社会における大学と教育の役割について悩んでいた。

大学のアジア研究全般の予算を増やすにはどうしたらいいか、私はキャンパス全体の教員と話し合うことに多くの時間を費やした。

一九九九年から二〇〇四年まで、イリノイ大学でアジア研究の重要性を高めるために私たちが重ねた努力は、成功したとは言えない。それは資金がなかったからでも、アジアに関する教育の需要がなかったからでもない。

アジアに関する教育を増やすことに反対したのは、私が会ったこともないイリノイ州の保守的な政治勢力だった。彼らはアメリカの中心は西洋文明とキリスト教に置かなければならないと考えていた。彼らはアジア文化を価値ある文明として学生に紹介しようとする努力を敵視していた。もちろん日本語や中国語のプログラムは可能だったが、アジア研究は比較的小規模なものでなければならなかった。

アメリカ人がアジアを知る必要があると考える教授もいたが、イリノイ州、特にシカゴ郊外の政治家たちはアジア研究が盛んになるのを恐れていることを、大学トップの管理者、総長たちは知っていた。そのメンタリティは、後に大統領となるドナルド・トランプにもよく反映されていた。

彼はアジアに対する無知を誇り、「Make America Great Again」（アメリカを再び偉大に）というフレーズで多くのアメリカ人を誘惑した。トランプはアメリカは過去に偉大であったことを誇示し、しばしば南米やアジア（中国）の文化が悪影響を与えたと匂わせた。

日本へのゆがんだ意識

決してアジア文化への敵意や警戒だけがあったわけではない。イリノイ大学には、学生や地域社会に日本文化を紹介し、ふだんはまったく交流のない中西部のアメリカ人にアジア文化への理解を深めてもらおうと真剣に取り組んでいる場所があることを知った。

それがジャパン・ハウス（日本館）で、イリノイ大学からすぐの、南の公園にある日本庭園に

郡司紀美子

建てられた美しい日本家屋だった。小学生に日本茶を試飲させたり、伝統的な日本庭園を見学させたり、日本の伝統的な価値観がどのようなものかを知ることができる場所である。

しかし、私が所属していた東洋文化科の他の教授たち、例えば、私がイリノイ大学に来るきっかけを作ってくれた徳川史の専門家ロン・トビーや、日本文化に造詣の深い近代日本文学の教授ディヴィット・グッドマンに話を聞くと、彼らは二人ともジャパンハウスをかなり敵視していた。ジャパンハウスの館長である日本人・郡司紀美子との交流を思いとどまらせようとした。

私は普通のアメリカ人に日本を紹介するこの施設を歓迎すべきだと思う中で、教員たちの間で、このような敵意があることが理解できなかった。その論理は次のようなものだった。郡司館長は学内の有力者や学外の人々との関係を築くことに時間を費やしているが、彼女自身は学問的な資格もなく、学術論文も書いておらず、日本文化の表面的な普及にしか興味がなく、日本が神秘的で魅力的であるように見せているだけだと考えていた。

彼女に対する批判はあながち間違ってはいなかったかもしれない。ジャパンハウスが古典的な日本語の読み方を学んだり、古代史を学んだりするのに適した場所でなかったのは明らかだ。しかし、ジャパンハウスがアメリカ人に日本文化を紹介する上で果たした重要な役割は、誰の目にも明らかだった。

日本専門家の閉鎖的な姿勢

さらに、彼ら自身の責任ばかりではないが、私の学部の日本人専門家たちは、ごく一部の専門家グループ以外は誰も読まないような学術雑誌の記事を書くことに終始し、一般のアメリカ人と日本について話すことはまったくなかった。実際、彼らは普通のアメリカ人との交流を避けていた。私は彼らの発言の中に、日本文化を普及させようとする努力や、学外の人々と関わろうとする努力に対する微妙な軽蔑を見た。

私はアメリカにおける最大の問題の一つは、日本研究の専門知識を持つ人々が一般市民との交流を避け、アジアに関する意見形成の多くが、アジアに関する専門知識をまったく持たない人々によって進められていることだと考えていた。つまり、グローバル経済における東アジアの必然的な成長に対して、愚かな政策や愚かな対応が、アジアをほとんど理解していない人々によって行われていたのだ。

工学部や法学部に所属する教授の友人たちは、自分が所属する学部の友人よりも私の考えを支持してくれる人が多かった。日本文学より、むしろアメリカの国際戦略を論議することが多くなった。

結局、こうした活動を通じて、私は東アジアの外交と安全保障について多く書くようになり、二〇〇二年には、イリノイ大学内の軍備管理軍縮国際安全保障センターという専門機関の研究員を兼務することになった。兵器や戦争に興味があったわけではなく、アメリカのアジア政策の多くが軍事によって規定されていたため、大学や全米の人々を巻き込むためには、外交や安全保障をめぐる議論に参加するしかなかった。

私の活動のこうした変化は、日本文学に携わる何人かの友人にとってはちょっとした驚きであったが、私自身の考え方の微妙な変化から自然に生まれたものでもあった。

4　思いがけない脳腫瘍

イリノイ大学在職中、私の成長を形成するのに役立った出来事が他に二つあった。私は一九九三年三月に脳腫瘍と診断されたのだ。幸い腫瘍は良性で、同年七月に手術で無事に摘出した。しかし、当時は手術が成功するかどうかまったく確信が持てず、何人かの専門家からは、どんなに簡単な手術であっても脳にメスを入れると、どんな結果をもたらすかは、わからないと事前に言われていた。

その脳外科手術と、そこからの回復の経験は、私がこの世にいる時間がいかに限られているかをより深く考えるきっかけとなり、その結果、自分の幸福や社会的地位にこだわらず、今この瞬間に自分ができる限りの社会貢献をするにはどうしたらいいかを考えるようになった。つまり、私は自分のキャリアを変えようと考えただけでなく、優先順位も変えていたのだ。

私の優先順位をさらに大きく変えたのは、一九九九年に駒場東大総合文化学部に数ヵ月滞在した時だった。脳腫瘍が発覚する前に日本の客員教授研究資金を申請していた私は、手術前の数ヵ月の短期滞在を決行した。

駒場キャンパスの裏門の近くに、今はもうない中国茶専門店があり、私はそこでよく本を読んだり、十八世紀の日本文学に関する本のテキストを書いたりしていた。そこで働いていた順子という二十五歳くらいの若い女性と、執筆中に何度か話をした。私たちはお互いの人生や仕事について話した。彼女は大学を卒業しておらず、将来何をするかはわからないが、今のところは基本的な生活費を最低限カバーできる低賃金で、そのカフェで働いていると話してくれた。私が印象に残ったのは、順子の洞察力と集中力だった。

自分の仕事は何か

私は彼女に、働いていない時はどのような活動をしているのか尋ねた。彼女は障害者センターでボランティアをしたり、近所の貧しい人たちを助けたりしていると言った。

彼女が言ったこの言葉は、その後、何年も私の心に残った。

私は知的な家庭で育ち、収入に余裕のある父親のもとで、教育という恩恵を受けながら、自分の仕事がどのようにキャリアアップしていくのか。大学時代の友人たちが享受している恩恵を私はいつ享受できるのか、それればかり考えていた。私は自分がいかに重要な人物になるかを夢見ていたし、重要な人物になることで、他人を助けることができると思っていた。そのため成功するという目標をあきらめて、ただ他人を助けようと考えることはなかった。

私の教え子と同じ年頃の順子は明らかに純粋な心で人助けに専念しており、家を買って快適な引退生活を送ろうなどという期待も計画も持っていなかった。

私は相変わらず自己中心的な考え方や、アイビーリーグ出身者にありがちな傲慢さ、自信過剰さを持っていた。しかし、ある深いレベルでは、彼女は他の人たちが深く異なる優先順位を持っていること、そして彼らから学ぶべきことがまだまだ多いことを私に気づかせてくれた。

東アジア研究が縮小される

イリノイ大学で教えていた七年間で私は大きな変化を目の当たりにした。東アジア言語文化学科は校舎を取り上げられ、私たちは外国語棟の狭いスペースに押し込められ、自主性を失った。アジア研究の予算は削減され、教授たちは授業中に学生のためにコピーする費用を自分の給料から支払わなければならなくなった。大学は何百万ドルもかけてフットボール場のための新しい屋内練習場を建設し、工学部のために高価な建物を建てたが、リベラルアーツ・プログラム全体を飢餓状態に追いやった。

文学、芸術、言語、哲学は政治家が考えるようなお金を生み出さないという点で、現実的な決断だった。しかし、国がどうあるべきか、教育はどうあるべきか、国家の戦略はどうあるべきかという問いは、ビジネススクールやエンジニアリングスクールのプロジェクトではなく、リベラルアーツにおける議論を通して導き出すべきものだ。

大学の姿勢と大学内の雰囲気は、アジア研究の教授や学生を落胆させることになった。日本文学の研究が大学で重要視されなくなった。イリノイ州にとって、市民のより大きな啓蒙と知恵を達成する手段としての教育を推進すること、普遍的価値観と人類文明の多様性への理解を深めること、道徳的行動を奨励することが、もはや優先事項とは見なされなくなったからである。徐々に学生の優良企業への就職や、大学の予算規模に影響力のある企業を喜ばせるためのプレッシャーが、学生のニーズや教授のビジョンを上回るようになった。アジア研究のための資金調達の機会は減り、文学が好きな学生は就職の準備が必要なため、私が提供する講義を受けられなくなった。

深まるアメリカへの失望

二〇〇一年以降のジョージ・W・ブッシュ政権下では、イリノイ大学の環境は私にとって快適なものではなかった。私はアメリカの文化や政治が変質したことについて、ジョージ・W・ブッシュ個人を責めるつもりはない。彼の大統領当選は、アメリカが享受してきた寛容、開放性、国際主義の伝統が崩壊した結果なのだ。

ブッシュ大統領がイラン、イラク、北朝鮮を糾弾する有名な「悪の枢軸」演説を行った時、それまでのアメリカにおける平和実現のための努力は、潮が引くように消えていくように思えた。私は東アジアの平和のために活動し、朝鮮半島の統一を実現する方法について日本人、韓国人、中国人と協議し、アメリカ人のアジア人に対する理解を促進しようとしていた。ブッシュ政権が奨励した排外主義的な文化のために、私のような人間に対する一般の人からの敵意が高まった気がした。

しかし、私は衰退する帝国に典型的なこのネガティブな変化が、すべてブッシュ政権や共和党のせいだと考えるほどナイーブではなかった。民主党はもっとましだったが、ブッシュ政権の軍国主義や帝国主義に反対する立場をとる人物は、アメリカ国内には数えるほどしかいなかった。

二〇〇四年は私にとって重要な年だった。私が在籍していた学部が、私にはその資格がないと判断し、終身在職権が与えられなかったのだ。その理由は、日本文学に関する論文を十分に発表していないというものだった。日本研究の分野では、私が主要な雑誌に重要な論文を発表し、日本文学、中国文学、韓国文学を同時に研究している唯一の若手研究者であることは、ほとんどの人が知っていた。

問題は、私がアメリカの将来について、一部の人々が聞きたくないようなことを言っていたことだろう。ブッシュ政権の方針に反対したこと、アメリカの未来はヨーロッパでもイスラエルでもなくアジアとともにあると主張したこと、平和経済と終わりなき戦争政策の廃止を主張したこと、企業から資金を集めることではなく、教育に重点を置いた大学運営を主張したことは、たとえそのような考えが一部の学生や教員に歓迎されたとしても、イリノイ州の高級官僚や政治家の多くにとっては心外なことだった。

この危機に際して、私を大いに助けてくれた二人の人物がいた。

ナイ教授との出会い

一人目は、その一〇年前に国防総省に在籍し、アジアに対する理解を深め、日本とのより緊密で対等な関係を促進することに深くコミットしていたジョセフ・ナイ教授だった。ナイ教授はハーバード大学ケネディ行政大学院の元学長という主流派の人物だったが、強い責任感も持っており、地域問題に強い理解を持つ、有能な人材を政府内に登用することが重要だと考えていた。当時、私のような不人気者に手を差し伸べる勇気もあった。

ナイ教授とは、二〇〇二年に彼が会議のためにイリノイ大学を訪れた時に知り合い、翌年に彼がシカゴに滞在していた時に再会した。ナイ教授とはそれまで何の接点もなかったが、彼はかなりの時間を割いて私と話し、アメリカとアジアの将来についての私の考えに耳を傾けてくれた。

彼は会合で私に、安全保障問題について政府に協力することを検討するよう強く勧めた。私は国際関係学ではなく、文学の訓練を受けた人間だ。しかし、アジアの三カ国語をしっかりと理解している私の価値を彼が見出していることは明らかだった。

ナイ教授の、アジアとの長期的な関与に対する冷静なアプローチがいかにして成功するかについての洞察は、私にとって最も参考になった。私は現代的な問題について効果的な論文を書ける外交の専門家として生まれ変わろうとした。しかし、ジョセフ・ナイの真似をしようという努力は、それほど成功したわけではなかった。それに私は現在の政治家と仲良くなることよりアメリカと東アジア諸国における長期的な歴史的転換に興味があった。

正直なところ、私はナイ教授の著書の内容には賛成できなかった。ナイ教授の著書は問題を単純化しすぎており、そもそも多くの問題を引き起こしたアメリカ社会と戦争経済の根本的な矛盾に触れることを避けているように思えたからだ。

アメリカの問題は第二次世界大戦終了以降、平和経済に戻らなかったことが原因であったと思う。

しかし、アメリカの政治家や外交官と関わりを持つことは、ナイ教授ほど情報通で教養のある人物はほとんどいなかったため、ワシントンでの議論の一翼を担うためには不可欠だった。

5　私の模範、エズラ・ヴォーゲル

ハーバード大学の教授でもあり、困難な時期に私を助けてくれた特別な人物はエズラ・ヴォーゲルだった。

ヴォーゲル教授は日本と中国の経済と政治の専門家で、アジアの政治、経済、社会、安全保障について幅広く執筆し、教員として非常に勤勉だった。私がハーバードの大学院生だった頃、ハーバード大学で行われた学外者のセミナーには文字通り毎回顔を出していた。

ヴォーゲル教授は私にとって政治的な面で積極的な教授の典型だった。彼は幅広い政策立案者を育成することに多大な手腕を発揮し、私を含む学生たちのことを深く気にかけてくれた。

ヴォーゲル教授は日本の専門家の多くから敬遠されていた。彼はアメリカで日本文化の大衆化を進め、脚注のない一般読者向けのわかりやすい非学術的な本を書く人間、と見なされていた。

例えば、彼の最も有名な著書『ジャパン アズ ナンバーワン ―アメリカへの教訓―』（邦訳TBSブリタニカ）は、アメリカに大きな影響を与え、政策に大きな変化をもたらした。私はこの本を授業で使ったが、読みやすく面白かった。アメリカ人の視点から見た日本の正直な評価だと感じた。ヴォーゲルはこの本の中で、日本が教育、ビジネス、政府における独自の革新の結果、いかに成功したかを述べている。

しかし、本書はアカデミックなトーンではない。一般の読者には興味をそそるが、学者にとってはまったく関係のないテーマについて語っていた。

私はハーバードの大学院生としてヴォーゲルとそれほど親しい間柄ではなかったが、彼が常に最新の動向を把握しようと努力し、大学院生や学部生に敬意を示していたことに感銘を受けた。

多くの教授と違って、しかし、ナイ教授と同じように、ヴォーゲル教授は有能な人材を東アジアに関する公務に携わらせることが自分の義務だと考えていた。

その後、イリノイ大学の教授になった私は、いくつかの国際会議でヴォーゲル教授に会い、特に私の関心が日本文学から移っていくにつれて、彼とも何度もメールを交換した。ヴォーゲル教授は安全保障問題を研究している国内の教授を何人か紹介してくれ、私が資金を申請できるワシントンなどのプログラムを推薦してくれた。また、二〇〇四年に私が失業していた時には、就職の斡旋をしてくれた。

ヴォーゲル教授は私がイリノイ大学の助教授になった後も、三度ほどお会いした。次のような言葉をかけてくれたことを覚えている

「私があなたのことを好きなのは、三拍子そろっているところだ」

三拍子の意味は、日本の読者にはよくわからないかもしれない。ヴォーゲル教授が言っているのは、アメリカのアジア政策に携わっている専門家の中に、アジアの言語を知っている者はほとんどおらず、文化や歴史について深い知識を持っている者もほとんどいなかったという事実のことである。彼らのほとんどは、貿易や防衛に関する最近の条約やアメリカとの交渉について知っているだけで、英語以外の言語で対話する能力は限られていた。

ヴォーゲル教授は日本語と中国語の両方を使いこなすという点で、政策に携わるアジア専門家の中では異色の存在だった。彼は多くの時間を語学トレーニングに費やし、中国語と日本語の原

文を何度も読み、最新の情報を得るように努めていた。彼は現代アジアに精通し、二つの言語に堪能でありながら、ワシントンで活動する政治家たちからは、むしろ専門家とは思われなかったのである。

しかし、私が日本語、中国語、韓国語に強いこと、過去の出来事を探求するだけでなく、現代の問題に真剣に取り組む姿勢を持っていることを彼は見抜いていた。それゆえ、私が将来アメリカで重要な役割を果たすことを期待してくれたのだと思う。

ヴォーゲルは一九九三年から一九九五年まで国家情報会議（インテリジェンス・コミュニティからの情報に基づき、アメリカ合衆国大統領のために中・長期的予測を行う諮問機関）で東アジア関連の情報官を務めた。そのようなキャリアは私にも可能かもしれないと思えた。

実際に起こったこと

これまでの叙述では、イリノイ大学での私の指導経験について、重要な部分を省いてきた。というのも、この問題は非常にデリケートで、つい最近まで、この問題を議論したがる人はほとんどいなかったからだ。しかし、もう十分な時間が経ったので、この問題について語り始めることができると思うし、この出来事は私に起こったことを理解する上で非常に重要なので、何が起きていたのか簡単に説明する必要がある。

私がイリノイ大学で職を失った最も重要な要因は、二〇〇〇年六月に私が書いた日米韓中の協力に関する提案書に関係している。この提案書は二〇〇〇年七月に、これら四カ国の教授たちに広く読まれた。二〇〇〇年七月といえば、中国とロシアが招待された沖縄でのG7会議(二〇〇〇年七月二十一日)が開催された日であり、そこではアジアにおける積極的な統合の現実的な可能性と、朝鮮半島の統一に向けた動きが議論された。

私が提案したのは教育面での協力だったが、その中には、アメリカ、日本、韓国、中国からなる欧州共同体(あるいは欧州連合)のような、将来の共通経済共同体の設立に関する入念な提案も含まれていた。韓国は将来の統一朝鮮を意味していた。

韓国、中国、日本の多くの人々が私の提案に含まれるアイデアを支持し、アメリカ人が中国語、日本語、韓国語でこのような提案をしたことはなかったため、アメリカ人のグループもこのアイデアを支持した。

クリントン政権下で政策に携わったアメリカ人の中には、私のアイデアを支持する者も多かったが、同時に私の提案は、アメリカ国内の二つの異なる、しかし、関連性のある政治グループにとって大きな脅威となり、彼らはアメリカにおける私の影響力を奪おうとした。

一つ目のグループでは、保守的なキリスト教徒がおり、しばしばイスラエルと結びついていた。彼らはアメリカがキリスト教国家であり、アメリカ文化が西洋文明であることを確認したがっていた。彼らはアメリカを東洋文化と結びつけたり、アメリカがアジアとより緊密な関係を持つべきだと示唆したりするようなことは望んでいなかった。

これらの保守派グループは、イリノイ大学のすぐ近くにあるイリノイ州の田舎で非常に活発に活動しており、私は彼らが誰なのか知らなかったが、彼らはすぐに私に関する情報を完全につかんでいた。

アジアと密接に結びついたアメリカという私の考えを真剣に議論するアジアの学者が増えるにつれ、私に懸念を抱くようになったもう一つのグループは、国防総省に兵器を納入する業者、特にミサイル防衛プログラムを開発し、その技術を日本や韓国に売る業者であった。特にアル・ゴアが大統領になった場合、アメリカはアジアで武器を売る市場を失い、米軍はアジアから撤退するかもしれないという警戒心を強めていた。彼らは何十億ドルも失う可能性があり、そのため私を破滅させようとした。

この二つのグループは、私のキャリアを破壊する目的で、二〇〇〇年八月から私を攻撃し始めた。だが、その半年間、私は何も知らなかった。イリノイ大学の友人たちが突然、理由もわからないまま私と口をきかなくなった。

二〇〇一年一月にブッシュ政権が誕生すると、これらのグループは私を孤立させるために、さらに強硬な手段を使うようになった。

確証はないが、彼らが私の大学に圧力をかけて、理由もなく終身在職権を剥奪させ、それが二〇〇五年以降、私がアメリカで再び仕事を見つけることができなかった理由だと思う。私はワシントンＤＣの韓国大使館で仕事を見つけたが、大使館は国際法上、韓国の領土であり、そこで働くことは可能だった。

イリノイ大学在職中の二〇〇〇年から二〇〇五年にかけての私の仕事には、アメリカにおける法の支配を再構築するために闘っていたアメリカ人たちとの協力も含まれていた。その新しい友人たちは、必ずしもアジアの専門家ではなかった。

職探し

知人たちは、日本文学の本の原稿はいったん脇に置いて、私の現在の関心に沿った外交、あるいは安全保障のキャリアを追求すべきだと忠告した。私は軍縮、非核散、国際関係等を研究する研究所の「ACDIS」の研究者、米空軍の客員研究員、その他、Ｅメールで知り合った人たちと何時間も話をした。私は急いでワシントンで仕事について連絡を取るべき人たちのリストを集めた。

私が話をした誰もが、私は国務省、国防総省、ＣＩＡ、あるいはその他の場所であらためてキャリアを始めなければならないと助言した。私が携わっている活動が重要だからというのが理由だった。私はそういった機関への就職に向けたプロセスの詳細を教えてくれる人を見つけた。

その人こそ、ジョージタウン大学の教授、情報機関出身で中国の安全保障問題の専門家であるロバート・サターだった。彼は約半年間、私を彼の下に置いてくれた。

サターは私に、政府の仕事について相談すべきさまざまな専門家のリストをくれた。私はシンクタンク、政府関係者、企業関係者など三〇～四〇人に連絡を取り、私にふさわしいキャリアについて尋ねるという、時間のかかるプロセスを開始した。私はこのプロセスに真剣に取り組んだ。私は二〇〇三年にワシントンを訪れ、ボブ・サッターと彼が推薦した外交・安全保障に携わる数人の人物に直接会った。そこは私にとって異世界だった。実際にワシントンへ行くのは一〇年ぶりだったし、国家安全保障や外交に携わる政府関係者と長時間会ったこともなかったからだ。

彼らは私の発言に関心を持ち、私の意見を評価してくれた。イリノイ大学では、私の教授としての役割はごくわずかだった。家族を養うためのわずかな給料で生活し、何年もの間、どこにも旅行する機会は与えられなかった。前妻は私以上に閉塞感を感じていた。彼女はワシントンへの移住を切望していた。私たちは大学のある土地・シャンペーンから出る方法を探したかったが、どの機会も訪れることはなかった。

日本領事館で講演

二〇〇三年の春、私はシカゴの日本領事館に招かれ、講演を行った。私は聴衆のために東アジアにおけるアメリカの役割について話し、総領事とも親密な関係を築いた。

一瞬、主流派に返り咲けそうな気がした。また、国際交流基金から日本文学に関する著書の執筆を継続するための助成金も得ることができた。そして、数年ぶりに日本に戻ることを楽しみにしていた。東京で夏を過ごした。私の人生で最も楽しい経験の一つだった。息子のベンジャミンは、地元の幼稚園に通い、私たちが住んでいた東京・国立の小さな家で過ごす時間をとても楽しんでいたし、前妻のスンウンは近所の若い日本人ママたちと数多く知り合った。私たちを助けてくれた獨協大学の本田浩邦教授は、進歩的なコミュニティの友人たちに私たちを紹介するために多大な努力をしてくれた。私たちは公園で何時間もベンジャミンと遊んだ。

十八世紀の日本における漢文小説の影響について、自著の新しい章を執筆し、東京大学の二人の指導教官と会って、私の仕事について議論した。簡単なことではなかったが、私は日本文学の教授として、経歴を積み重ねる努力をした。最終的に原稿がまとまり、二〇一一年にソウル大学出版部から出版された。

私は二〇〇三年秋にイリノイ大学東アジア言語文化学科の助教授に復職し、二〇〇四年に三年目の審査を受けることになった。私は二つのクラスを任され、再び教授会に出席することになった。もはや学部の一員という感覚はなかったが、時折、他の教授陣と会い、再び教えることに心地よさを感じた。

私は学生たちがアメリカの大規模な政治的混乱にまったく気づいていないことに驚いた。時には、私はこの問題を明確な議題として取り上げ、議論した。そのようなことをした数少ない教授の一人だったと思う。

おそらく日本で過ごした時間が、私の世界の捉え方に何らかの影響を与えたのだろう。海外での生活がアメリカのイデオロギーの歪みを、私に見ることを可能にしたのかもしれない。

イリノイ大学テニュア（終身在職権）に暗雲

私は当時ジョージ・W・ブッシュ弾劾の論文を起草していたイリノイ大学法学部のフランシス・ボイル教授を探した。ボイルは私と現代政治について話すのを楽しんでいるようだったが、イリノイ大学での私の問題については、私が上層部からテニュア（終身在職権）に関する審査を受けているということ以外、一切語ろうとしなかった。

ボイル教授は私の審査委員だったディヴィット・グッドマンと会い、私のケースについて話し合った。ボイル教授はグッドマンから「唯一の問題はパストリッチの出版物が少ないことだ」と言われたと私に伝えた。

テニュアを拒否される可能性が高まってきた。そんな時、私の将来についての議論に、ある意外な人物が加わってきた。その人物はシカゴ大学のブルース・カミングスだった。韓国学の分野で最も有名な進歩的メンバーであり、私にとっては味方になってくれる人だった。

カミングスは私が一九九七年に韓国に滞在していた時からの顔見知りだった。明らかに私を助けようとしてくれていた。彼はシカゴ大学で私が講演できるように手配してくれたし、何度か電話で話したこともあった。興味深いことに、彼はまた、ニューヨーク・タイムズ紙に時事問題について頻繁に寄稿していたスタンリー・フィッシュ教授を紹介してくれた。

カミングスによれば、フィッシュ教授は私の将来の就職先について何か考えているようだった。

CIA傘下のFBISへの就職を試みる

面接と内定につながった仕事も実際にあった。かなり偶然だった。イリノイ大学のキャンパスを歩いていた私は、イリニ・ビルで開催されていた大規模な就職フェアに出くわした。私はFBIとCIAのブースをぶらつき、CIAのリクルーターの一人と非公式な会話を始めた。それまで、政府機関、大学、NGO、その他の組織との話し合いをことごとく断られてきた私は、その出会いをそれほど深刻には受け止めなかった。しかし、私は名刺をリクルーターに預け、オフィスに戻った。

数日後、採用担当者からEメールが届き、私は履歴書のコピーを送った。彼はその履歴書を他の人に渡し、数週間後、もっと詳しい経歴が必要だと言われた。結局、二〇〇四年の秋にCIAのオープン・インテリジェンス部門であるFBIS（Foreign Broadcast Information Service）の日本部門に応募するよう勧められた。もちろん承諾し、中国語、日本語、韓国語の新聞記事を渡され、試験の一環として翻訳するよう求められた。

FBISは連邦政府内の定評ある組織で、政府高官のために、世界各国の大手新聞社各紙の重要記事の英訳を提供している。FBISは国務省やその他の政府機関のメンバーにとって重要な情報源であり、英字雑誌とは対照的に、現地の言語で実際に掲載されている記事の最も信頼できる翻訳を提供している。

二〇〇四年の夏には、ＦＢＩＳへの応募が、唯一残された就職の可能性だった。地元のパークランド・カレッジで非常勤講師をすることになるかもしれないし、失業する可能性さえあった。ＦＢＩＳの仕事が魅力的だった。

ようするに、ＣＩＡは独自の予算を持つ組織であり、内部に存在する深く、複雑な資金調達構造に支えられていることだ。この構造は非常に危険だが、特定の派閥がホワイトハウスや議会を支配していても、ＣＩＡの中にはノーと言えるサークルが存在するという明確な利点もある。

面接の日

二〇〇四年九月、私はＦＢＩＳの日本語翻訳ポジションの面接のため、バージニア州レストンに呼ばれた。正直なところ、この面接が本気なのか、それとも手の込んだゲームの一環なのか、私にはわからなかった。

午後にシカゴのオヘア空港からワシントンに飛び、面接会場の近くのホリデイ・インに泊まった。このホテルは、ＣＩＡの面接を受けに来た二〇代から三〇代の若者たちで満員だった。大学を卒業したばかりの彼らは、面接の全過程が極秘事項だと思い込んでいたようだったが、特に極秘事項などないことがすぐに明らかになった。チェックインした時にＣＩＡの資料を堂々と渡され、面接会場まで移動するミニバンに乗る時間を、ホテルの前で告げられた。

そこで出会った若者たちとの会話を楽しんだ。彼らの多くは、私がイリノイ大学で教えている学生たちと同年代だった。

私たちは無愛想な官僚から短い歓迎のレクチャーを受けた後、高いフェンスに囲まれた森林地帯にある木造パネル張りの二階建ての広大な複合施設の中で、各自が異なる部署の専門家と一対一の面談を重ねることになった。

ほとんどのインタビューの内容は忘れてしまったが、心に残っているものが二つある。一つは、森の見える角部屋で心理学者と面談した時のことだ。その部屋には、メンタルヘルスに関する著作で埋め尽くされた本棚があった。テーブルを挟んで向かい側にいたのは、どことなく東欧訛りのある年配の女性だった。彼女は私の価値観について、両親の離婚について、そしてこれまでの私の人生の歩みについて、矢継ぎ早に質問してきた。

嘘発見器テストを受ける

この日の面談で一番のハイライトは、長年諜報活動に携わってきたボブと面会したことだった。ボブは地位の高そうな人物で、私に嘘発見器テストを実施するよう命じた。ボブはかなり思慮深く、私に話しかける態度が親しみやすかった。

その日のうちに、私は三〇歳前後の若い男性に嘘発見器のある部屋に連れて行かれ、モニター用の電極を体に取り付ける間、横になるように言われた。セットアップが終わると、彼は私の人生や仕事について質問を始めた。

その質問は自明で、ありふれたものでさえあった。私はそれに正直に答えた。この若者は私のことを知らないかもしれないが、私を観察している人たちは私自身よりも私のことを知っているに違いないと思ったからだ。このプロセスは三〇分ほどで、スムーズに進んだ。

しかし、彼が私にイリノイ大学で教えている仕事について質問した時、突然、火災報知器のようなかなり大きなビープ音が鳴り響いた。彼は立ち止まり、もう一度私に質問した。

残念ながら質問の内容は正確には思い出せないが、できる限り正直に答えたつもりだ。決して美辞麗句を並べようとしたわけではないのだ。ベルがまた鳴った。若者は部屋を出て行き、代わりにボブが入ってきた。おそらく、どこかで私を見ていたのだろう。ボブはイリノイ大学での私の仕事について、そして、なぜ辞めるのかについて、より具体的な質問をし始めた。ビープ音が不規則に鳴り響き、すべてのプロセスが喜劇のように思えてきた。

アナリストとして採用された？

私は自分について話した。ボブは熱心にメモを取り、人の名前や、おおよその日付を、私に尋ねた。

約九〇分後、ボブは今日できるのはここまでだと告げた。私は再会を楽しみにしていると伝え、握手をして別れた。悲しいことに、ボブと再会することはなかった。

数週間後、フォローアップ面接のためにいつワシントンに来なければならないかを知るために、ＣＩＡの雇用センターに電話をした。電話に出た女性は、面接は無事終了したので、手紙を待つようにと言った。

私はイリノイ大学に戻り、最後の学期の残りの授業をした。自分自身には安らぎを感じていたが、次のステップがどうなるかはまったくわからなかった。一つ確かなことは、私とイリノイ大学との関係は完全に終わったということだった。私と交流のある人はほとんどおらず、私は学部内では事実上、孤立していた。他の教員たちは私が「決して口外してはならない問題」について何か発言し、自分たちを巻き込むのではないかと心配していたのだろう。

学期が終わり、一月からの失業が目前に迫ってきた。それは貯金もなく、仕事の見込みもないことを意味する事態につながる。そのタイミングでＦＢＩＳのアナリストとしての雇用が承認されたという手紙が届いた。その手紙には勤務開始日は書かれておらず、明らかに法的拘束力のあるオファーではなかった。しかし、私がさらなるテストに合格し、プロセスが完了すれば採用される可能性があることを示唆していた。

ワシントンへの引っ越し

私たち夫婦はあらゆることに関して意見が合わなかったが、職探しについて意見が食い違うことはなかった。家を売って、当時三歳だったベンジャミンと、二〇〇四年七月に生まれたばかりの娘レイチェルと一緒にワシントンに引っ越すべきだと、私たち夫婦は考えた。シャンペーンにはほとんど見込みがなかった。イリノイ州には、私と私の親アジア協力構想が根付くことを望まない人種差別主義者たちもいた。

たとえFBISのオファーがうまくいかなかったとしても、一週間歩き、紹介されたさまざまな人たちと会えば、何らかの仕事が得られるだろうし、少なくともチャンスは広がるだろうと思った。

イリノイの家はすぐに売却することができ、私たちは数千ドルの利益を得た。家を売るタイミングとワシントンに引っ越す計画を完全に一致させることはできなかったので、イリノイ大学で教鞭をとり始めた頃に住んでいたオーチャード・ダウンズの教員宿舎に、月極めで小さなアパートを借りることにした。とてもシンプルなツールームのアパートだったが、二人の小さな子どもと山のような荷物で、かなり窮屈になった。持っていく予定だった家具は倉庫に送った。

幸いなことに、子どもたちはまだ幼く、何が起こっているのか理解できなかった。前妻のスンウンも、彼女が信頼して人生のいろいろな場面で意見を聞いていた占い師も、FBISの仕事が私にとって輝かしい新しいキャリアの始まりになることを信じきっていた。

二〇〇四年十二月、私たちはほとんどの財産を引越し業者に依頼してワシントンに送り、そこで一時保管した。その後、娘と息子を車に乗せ、小さなトレーラーを連結し、ワシントンへの壮大なドライブに出発した。オハイオ州のホテルに立ち寄り、そこで一つの大きなベッドにみんなで寝た。翌日、私たちは疲れ果てて到着したが、妙に活気があり、まったく新しい環境に興奮していた。

ワシントンのような物価の高い都市に移り住み、お金もなく、雇用の見込みもないというリスクはあった。それでも、自分のスキルを生かす選択肢のないイリノイ州の小さな町、シャンペーンにいるよりははるかにましな状況だった。ワシントンに行けば、新しい展望が開けるかもしれないという希望もあった。

家族の韓国行きを考える

いったん前妻の姉の家に間借りしたが、仕事探しが難航し、長居しにくくなった。引っ越しも求められた。私たちの状況の深刻さを考えると、姉のこの対応はかなり不公平に思えたが、そんなことを言っている暇はなかった。私は残ったお金で、家族が韓国に戻り、前妻の母親の家に滞在するためのチケットを購入した。

そうすれば、家族も安定するだろうし、私のアメリカでの就職活動という神経をすり減らすようなプロセスからも距離を置くことができる。同時に、私は従兄弟のマニーに、仕事を探している間、数週間、彼の家に泊めてもらえないかと頼んだ。マニーは快諾してくれた。

私は自分の状況について父と電話で話した。父は私がワシントンで前妻と二人の小さな子どもと一緒に、就職の見通しも立たないまま過ごしていることを知っていたはずなのに、私に連絡することもなく、会話を避けていた。

父は私の話を黙って聞いていた。そして、最後に私の当面の経済的な問題を解決するために二五〇〇ドルを送ることに同意した。父はこれ以上の援助はできないと言った。

その返答に傷つき、私は自分の人生で実際に何が起こっているのかを父に詳しく説明し始めた。その数カ月前には、主な問題を数ページにまとめた手紙を父に送っていたが、父からの返事はなかった。私が反ブッシュ政権的な発言をしたため、政府のブラックリストに載ったという私の「陰謀論」を父は否定し、すぐに会話を打ち切った。

父はできる限り私を助けようとしていたと他の家族から聞かされたが、私の印象では、父は事実を確認するための行動を起こそうとしなかった。

家族を韓国に帰国させるのは難しい決断だったが、そのおかげで、私は仕事を探しに真剣に取り組むことができた。数日のうちに、弁護士や外交官だけでなく、派遣会社の経営者にも会うようになった。彼らも私に仕事を見つけることはできなかった。私は考えた末、二度と日の目を見ないかもしれない仕事で終わるよりも、自分の強みに集中し、本当の仕事を見つける努力をしたほうがいいと決心した。

前妻と子どもたちは韓国行きの飛行機に乗り、私は従兄弟のマニーの家にある快適な小部屋に落ち着いた。仕事を見つけようと夜遅くまでパソコンに向かった。全米の人々にメールを書き、私を助けてくれそうな人を紹介してもらった。

ＦＢＩＳの採用取り消し通知

そうしているうちに、ＣＩＡのＦＢＩＳから採用内定を取り消す手紙が届いた。興味を持つ人もいるだろうから、全文を紹介しよう。情報機関がいかに採用に慎重か、採用取り消しをどう説明するのか、興味深いはずだ。

「この手紙は、あなたが中央情報局への就職を希望していることについて述べたものです。残念ながら、現時点では、あなたはＣＩＡでの雇用に適さないと判断しました。この決定は、あなたが提供した情報、またはあなたの手続き中に明らかになった情報に基づいています。この新しい情報に基づき、二〇〇四年十月一日付の条件付採用内定を取り消さなければなりません。この決定に対する不服申し立てはできません。

この判断の具体的な理由をお伝えすることはできませんが、当庁の雇用に適さないと判断される原因となる多くの状況や事情は、時間の経過によって緩和される可能性があります。したがって、一年後に状況を再評価し、その時点で当庁への再申請を検討することができます。この決定は、安全保障上の考慮事項ではなく、諜報機関の雇用に対する適性に基づいているため、今後の安全保障上の申請書および書式において、この決定に関する限り、安全保障上の許可を拒否されたことがないことを確認することができます。私たちは、あなたがＣＩＡでの雇用に関心を寄せてくれたことに感謝し、あなたの今後の活躍を祈っています」

このような結果になることは予想していたが、残念だった。一部では私がＣＩＡの秘密要員などの噂を流す人もいるが、事実はこの通りだ。

ＣＩＡの存在意義とは

私がＣＩＡ関連機関の面接を受けたことがあり、諜報活動に関するさまざまなトピックについて執筆したことがあることから、私がＣＩＡのために秘密裏に働いているに違いないと多くの人々が思い込んでいる。

私はＣＩＡに雇われたことはない。私はＣＩＡから命令を受けたことは一度もないし、ＣＩＡや、その他の諜報組織の危険な超法規的活動については、極めて批判的である。

しかし、二〇〇一年から二〇〇五年までの間、私がＣＩＡの人々と政策について、アメリカの将来について、アジアに対する我々の立場はどうあるべきかについて、真剣な議論を続けていたことは事実だった。その時期以降も、めったになかったが、そのような会話をすることがあった。

人々は私の立場をどう理解すべきだろうか？　第一に、二〇〇一年一月にブッシュ政権が誕生した時、その環境はきわめて権威主義的で、政策について真剣に批判しようとする者は文字通り皆無であった。私の同僚も、ＮＧＯの友人も、政府や企業の友人も、みなひどく恐れており、私が忍び寄る全体主義がアメリカにもたらす危険について語ろうとすると、完全に沈黙を守るばかりか、逃げ出した。

しかし、イリノイ大学やワシントンには、私と話をしようとする人々がいた。では、なぜ課報部の小さな派閥が、私がこのように困っている時に助けてくれ、CIAで働くポジションまで探してくれようとしたのだろうか？　答えは少し複雑だ。

第一に、CIAは外国の指導者を殺害し、スパイ活動に従事する危険な組織として描かれるが、その中には最初から心の広い人々がいた。一九五〇年代と一九六〇年代には、CIAが共産主義者や社会主義者、その他の問題のある人物を匿い、保護していると感じていたアメリカの保守派が大勢いて、はるかに寛容でないFBIと対立していた。この伝統は二〇〇一年当時も、そして現在も存在していると思う。

CIAは文字通り、合衆国政府の中で唯一、行政府の命令に逆らい、なおかつ存続することができる独自の予算を持つ部門である。それはCIAの危険な側面でもあるが、私の場合、私を救うことができたのはCIAだけだった。他の内部告発者のケースで見たように、ブッシュ政権への組織的な抵抗は、諜報機関の内部から起こったのだ。

私は諜報活動のキャリアを望んでいたわけではないし、一刻も早く平和と環境のための協力について話をすることに戻りたかった。しかし、ブッシュ政権から予算や活動に対する小さな脅威に直面した時にさえ、他の学者たちが見せた臆病さには正直言ってショックを受けた。

重要なのは、私が失業中に面接を受けることができた唯一の仕事がCIAだったということだ。それは私がCIAで働きたかったからではなく、当時も、そして現在でも、二〇〇一年以降に敷かれた全体主義的支配（政府の中の秘密政府）に抵抗できる勢力は、アメリカではCIAの特定の組織だけだったからである。これらの組織は、政治家にコントロールされない独立した予算を持っているため、体制に反対する力を持っていた。彼らが私を救ってくれたのは、私がCIAの一員だったからではなく、彼らが文字通りアメリカに残された唯一の政府反対派だったからだ。他の進歩的な政治団体やNGOは恐れを抱いて、私とまったく話をしたがらなかった。

第四章——韓国での新しい人生

1　韓国の洪錫炫大使

ワシントンではイベントに積極的に参加し、人脈作りに努めた。その中で出会った二人の韓国人の熱意と献身は印象的だった。ワシントンの韓国大使館の外交官、カン・イクヒョンは私がある講演の中で、韓国の立場を文化的・歴史的に説明しようと努力したことに個人的に感動したようだった。翌日、私たちは寿司の昼食をとり、韓国大使館内、そして韓国国内での私の努力の認知度を高めるために何ができるか考えてみると言ってくれた。私の仕事探しを手伝いたいとも言ってくれた。その後、私たちは何度も一緒に仕事をし、韓国とアメリカの複雑な関係について話し合う機会を持つことになった。

名刺をくれた韓国人ジャーナリスト、『世界日報』紙のクク・キヨンとも同じ日の昼過ぎに会った。ククはワシントンに長年留まり、そこで家族を養い、社内での出世コースに見切りをつけた、変わった海外特派員だった。

ククは、『世界日報』に私の記事を書いてくれた。彼は私を韓国の主要メディアに紹介してくれ、それがのちに韓国での私の成功につながっていく。それ以前にも、どうすれば成功できるかというアイデアはたくさんあったが、メディアとの関わりは、そのリストの上位にはなかった。

数日後、私たちは再会し、彼は私の仕事探しについて「そう簡単にはいかないようだ」と告白した。しかし、彼はあきらめず、定期的に電話でさまざまな提案をくれた。初めての韓国語の履歴書を作るのを手伝ってくれ、自己紹介の仕方を教えてくれた。

洪錫炫大使との出会い

私は韓国人女性と結婚したが、韓国と深い縁はなかった。日本が私の研究分野であったためだ。また前年に日本で夏を過ごしたことがあったし、三人の日本人学者と一年間にわたる研究プロジェクトを行ったこともあった。日本との縁の方が深かった。

『世界日報』のククは電話で、新しく駐米韓国大使に任命された洪錫炫《ホン・ソキョン》と会う約束があるので、同席しないかと誘われたが、私は参加できなかった。

洪大使との会談が終わったククから三〇分ほどして電話があった。洪大使は私に大きな関心を示し、韓国を知り尽くしたハーバードの博士がワシントンで全く活用されていないのは非常にもったいないと思う、と言ったという。洪大使は職探しに尽力することを約束してくれたらしい。

当時の韓国の盧武鉉《ノ・ムヒョン》新政権と私は、なんのつながりもなかったが、希望を感じたのも事実だ。

盧武鉉について触れておこう。ジョージ・W・ブッシュ政権下で北朝鮮との緊張が高まった後、欧米のマスコミでは保守派が韓国大統領のポストを得るだろうと広く信じられていた。進歩派の金大中《キム・デジュン》政権が、末期に数多くのスキャンダルを起こしていたことも、この見方を補強した。

ところが二〇〇二年、装甲車を運転していた二人の米兵が二人の女子生徒を轢き殺し、そのまま走り去るという事件が起きた。在韓米軍地位協定（ＳＯＦＡ）の取り決めによって米軍キャンプ内で軍事法廷が開かれ、起訴された兵士二人に無罪評決が言い渡された。二人は謝罪声明を発表したあと出国した。

この出来事は国民の間に大きな反発を引き起こし、韓国とアメリカの関係に深い疑問を投げかけることになった。盧武鉉は軍事独裁政権と闘うことで、自らのキャリアをスタートさせた進歩的な弁護士だった。大統領候補となった彼は、公開討論でこの事件における米軍の責任を堂々と追及した。その様子はオンライン新聞『Oh My News』といった新興オンラインメディアによって増幅された。彼の激しい演説は非常に効果的で、他の候補者よりも左寄りであったにもかかわらず、選挙に勝つことができた。

盧武鉉は政府や企業の無責任さを非難することをためらわず、政治権力の中央集中を避けた。彼は韓国社会で権力を握るための必須条件である四年制大学を卒業していないものの、私は彼の力強い演説に感銘を受けた。そして、アメリカで軍事政権と闘った経験のある私に親近感を覚えさせた。

盧武鉉を敵視するブッシュ政権

ブッシュ政権は当初から、イラク戦争への協力に消極的だった盧武鉉を問題視し、彼を弱体化させ、あの手この手で失脚させるため画策していた。しかし、盧武鉉は長年にわたって殺害予告を受けながら生きてきた人物であり、簡単には折れなかった。当時、ブッシュの陰謀にグロテスクなまでに従順だった主要国の国家元首の中で、率直に発言する意志を持っていたのは盧武鉉だけだった。

洪錫炫は韓国の大手新聞『中央日報』の創刊者である洪璡基の息子であり、かなり恵まれた環境で育った。洪璡基は李承晩の下で法相を務め、李承晩の市民一斉検挙の要求をすべて拒否したため牢獄に入れられた。政治家としてのキャリアを終えた後、洪璡基は韓国を代表する財閥・サムスングループの創業者である李秉喆《イ・ビョンチョル》の顧問を務めた。

高い教養と明晰な頭脳を持ち、サムスン躍進のブレーンと称された。その後、洪錫炫の姉は李秉喆の息子で、サムスンの会長だった李健熙《イ・ゴニ》と結婚した。このため洪錫炫は一般的に保守本流の財界人として認識されており、盧武鉉政権下で大使を引き受けたことは、むしろ奇妙に思われた。何しろ、盧武鉉のぶっきらぼうなスタイルと、既成の政治慣例に従おうとしない態度は、仲間からも反発を買っていたからだ。盧武鉉はメディアで急進的な左翼として描かれ、アメリカの有力なシンクタンクであるブルッキングス研究所やCSISで広く批判された。

洪錫炫は盧大統領からの要請を受けて駐米韓国大使を引き受けたが、保守派の友人たちの多くは驚いた。洪は盧武鉉とそれほど親しかったわけではなかったが、盧の力強い演説と、韓国により透明性の高い社会を作ろうとする姿勢に感銘を受けた。そして、北朝鮮との真剣な対話が必要だという盧大統領の考えに共感し、協力する意思を持っていた。

広報の手助け

クク・キヨンが在米韓国大使館から韓国文化院での雇用の具体的なオファーを持って戻ってきた。年俸は四万ドルで、健康保険も年金制度もなかったが、少なくとも仕事にはなった。私は韓国政府が行っていたアメリカ人への文化的な働きかけを手伝い、広報資料を編集することを期待された。大使館はアメリカ国内にあるが、法的には韓国領であり、アメリカ領でなかったことが、私を雇いやすくしたのだと思う。

私はすぐに志望理由書を作成し、韓国文化院を訪れ、李賢杓《イ・ヒョンピョ》院長に会った。李は外務省のドイツ専門家で、長年ベルリンのカルチャーセンターの責任者を務めていた。それまでの四年間、私の人生を支配していたアメリカ国内の緊張感の高い政治的駆け引きは消え去り、大使館の中でだけ私は普通の職員となった。

韓国大使館では、専門的なスキルを持つアメリカ人を正規職員として雇ったことはなかった。常勤職員として、私は大使館のすべての外交官と完全に接触することができ、最初の三カ月間で順番に全外交官に会った。韓国大使館勤務は私に与えられた機会であり、私はそれを有効に活用するために最善を尽くした。何人かの外交官は私の能力を認め、定期的に昼食に招いてくれた。

正式なオファーを受けた後、私は韓国にいる前妻に電話し、子どもたちを連れてワシントンに戻ってくるよう伝えた。不動産屋の知人が、コリアタウンにほど近いバージニア州アナンデールに、緑の庭のある小さな白い家を探してくれた。私は倉庫に保管していた家具をその家に移し、前妻と子どもたちが戻ってくる前に家らしい姿に準備しようとした。

従兄弟のマニーの家を出られて嬉しかったたし、ある程度の収入のある仕事に就けたので、もう家族と話したり、屈辱的な格好で仕事のためにひれ伏して回ったりする必要がなくなった。

私を助けてくれた韓国人たち

私はまもなく在米韓国大使館の韓国文化院で働き始めた。洪大使がどのようなことをしてくれたのかは知らない。私が韓国の問題に関心を持ち、韓国語がわかり、政治活動の実績があるアメリカ人として価値があると考えたのだと思う。ワシントンに自分たちの言葉を実際に学んだアメリカ人がいることを高く評価していたのだと思う。

私は必ずしも韓国とその文化を熱狂的に愛してきたわけではない。韓国での仕事や韓国文化について、難しいと感じたことがいろいろあった。しかし、韓国には独特のものがあるが、韓国人は、日本人や中国人、アメリカ人と違って、私の話に耳を傾け真剣に受け止めてくれる政府の人もいた。

盧武鉉政権はワシントンを相手にした経験がほとんどない、進歩的な政治集団だった。北朝鮮を敵と見なす「悪の枢軸」演説を行ったブッシュ大統領とどう向き合えばいいのか、全く分かっていなかった。彼らはブッシュ政権がどのように機能しているのかも、ほとんど理解していなかったし、シンクタンク全体を見渡しても、相談できるような人物はいなかった。

盧武鉉本人や周囲の人々は、そのようなアメリカとの橋渡し役として、私に期待していたのだと思う。残念ながら、韓国外務省の一部の官僚たちは、そのような考えに反対だったようだ。そのため、私には機会が与えられず、私は盧大統領に会うこともなく、その周辺の高官に会うこともほとんどなかった。

失脚した洪大使

ワシントン郊外のアナンデールに位置する新しい家は、広い庭に取り囲まれたトラクトハウス（同じ設計の分譲住宅）だった。コリアタウンにも歩いて行けた。

家族と暮らし始めた当初、私はかなり興奮していた。洪大使とも面会した。私が彼の役に立つ可能性があると彼が見ているような気がした。しかし、そのような考えを持つ外交官は多くなかった。ほとんどの外交官はブッシュ政権との関係を危うくするようなことはしたくなかったのだ。

当初、私は洪大使とともに注目されるイベントに何度か招待され、そこで軍の要人やアメリカや韓国の政治家たちと交流することができた。このプロセスは長くは続かなかった。洪大使は私に重要な役割を果たしてほしかったようだが、残念ながらワシントンでは長くは続かなかった。最初の半年間、私は洪大使を含む大使館の多くの人々と驚くほど接触することができ、多くのイベントの参加者リストに載せてもらった。また、韓国文化院で開催された注目のセミナーは、ワシントンのインサイダーに好評だった。洪大使のオフィスや、その後、親しくなった魏聖洛《ウィ・ソンナク》政務公使（のち駐露大使）のオフィスを訪れるのも、とても心地よかった。

しかし二〇〇一年七月、その蜜月は終わりを告げた。突然、ソウルのMBCニュースが洪大使が政治家に違法な献金をしていたことを示す一〇年前のテープを公開したのだ。このスキャンダルは連日メディアで取り上げられた。洪の辞任を求める声が強まった。洪は盧政権で働くことに強いこだわりがあったわけではない。そのためか、彼は報道からまもなく辞任し、ソウルに戻った。

告発の正当性については疑いを持っていないが、時期についてはかなり懐疑的だった。彼のような実力者が、大使として望ましくないと考えている勢力が裏にいたとしか思えなかった。

洪はスタンフォード大学で博士号を取得し、洗練された英語を話し、読書家でもあった。また効果的な方法で政策を主張することができた。彼はアメリカのシンクタンクなどの重要人物に独自の広範なネットワークを持っていた。

彼は国務省や韓国外務省の助けを借りずに会談をセッティングすることができた。さらに洪には、南北統一や北朝鮮との関わりについて独自の考えがあり、安易に妥協するつもりはなかった。彼は北朝鮮との関係が重要だと感じており、それを躊躇なく口にした。

彼は保守派だったが、安全保障に関しては多くの保守路線に反対していた。ジョージ・W・

ブッシュとの関係は良好であったが、ワシントンには独立志向の強い人物をこのような高位に置きたがらない人物が多くいたことは間違いない。盧武鉉政権にも、洪が和を乱しすぎていると感じた人々がいた。私は韓国でこのような著名な人物が私のことを真剣に考えてくれたことをとても嬉しく思った。

ブッシュ政権に反対するアメリカ政治の周辺にいる人々とのコミュニケーションは、私が韓国大使館で働き始めた時に終わりを告げた。

韓国大使館での仕事

韓国大使館は重要施設が並ぶマサチューセッツ・アベニューにある。私は毎日、地下鉄で通った。私の日課は、毎朝、最寄り駅である地下鉄のフォギーボトム駅から丘の両脇に立ち並ぶ二十世紀初頭の様式を持った邸宅を通り抜けることだった。

時折、途中で立ち止まってコーヒーを飲み、その日の仕事に備える。それは瞑想の時間であり、時折、ワシントンが混沌の淵にあるような恐怖のトレッキングでもあった。私はそのルートを二年間通った。

韓国文化院における私の仕事の多くは、「キムチの日」を企画したり、定期的にセミナーを開催することだった。また二〇〇二年のワールドカップに関する日韓合同展示会を企画した。フランス、ドイツ、イタリアの各大使館と中国、韓国、日本の各大使館が合同で主催する映画シリーズを立ち上げた。私にとって有意義なものだった。

このような活動の経験は、一〇年後に韓国のメディアに寄稿するようになって大いに役立ち、パブリック・ディプロマシーに関する一連の記事として結実した。私はパブリック・ディプロマシーの専門家とも思われていた。

韓国文化院では、時には官僚的な活動で一日が埋まってしまうこともあったが、それ以外の時は、基本的に「外に出て、役に立ちそうな人に会ってこい」と言われた。アメリカのアジアの専門家に会ったり、国務省を訪ねたり、ジャーナリストや大学教授と話したりするのは自由だった。そのため、かなりのネットワークを築くことができた。ワシントンがどのように機能しているのか、ぶらぶら歩きながら学ぶことができたのは、本当にありがたかった。

韓国文化院は、韓国大使館からさらに坂を下ったところにある、こぢんまりとした建物だった。四人の韓国人長期現地採用職員、三人の韓国人外交官、そして、さまざまな短期インターン（大学院生）が働いていた。オフィスは二階の奥にあり、ロッククリークという峡谷の見えるデスクで働いた。

外交官たちは海外特派員を非常に重要視しており、そのジャーナリストたちは時として大使館員よりも優れた問題意識を持っていることを私はすぐに学んだ。何人かのジャーナリストが私の記事を引用し、ジャーナリズムに関係していくことになった。

メディアへの執筆が多くなり、私のキャリアで最も成功した部分となった。

私が初めてメディアに記事を書いたのは、韓国大使館の韓国文化院にいた頃だった。しかし、一般向けの文章を書くということは、私にとって簡単なことではなかった。学術的論文を書くスタイルからなかなか抜けられなかったからだ。

大学に在籍している時、私は日本古典文学に関する本の原稿を完成させなければならないと何度も言われたが、そのテーマにはもはや何の興味もなかった。学術書を書くことは懲役刑に等しいと考えた。私は行動することを最優先にし、学究生活を捨て去ることを望んでいた。

盧武鉉大統領を取り上げた記事の波紋

私が最初に挑戦したのは、『Japan Focus』（アジア問題に関する学術誌）に寄稿した盧武鉉大統領に関する記事だった："The Balancer: Roh Moo-hyun's Vision of Korean Politics and the Future of Northeast Asia"（二〇〇五年八月一日）と題したものである。この記事は広く読まれ、コメントも寄せられた。盧武鉉の実態に関する報道がまったくない中、私の記事はその空白を埋めるものだった。

この記事に対する批判もあった。

私は自分の記事が盧大統領を擁護するものだとはまったく思っていなかったし、どちらかといえば、韓国のために中道路線を見出そうとする彼の明確な努力にもかかわらず、人々が彼を左派と決めつけようとするやり方が問題なのだと考えていた。ある学者は『Japan Focus』に、私が韓国大使館で働いていたので、この記事は私の雇い主を喜ばせるためのお世辞ではないか、と書いた。

直属の上司である李賢杓院長からは、承認を得ずに大統領のことを書いたことを叱られたが、彼は自分の任務を果たしただけだと思う。実際、盧大統領について思慮深く書いているのが実は私一人であることを知ると、彼は一日で対応を変えて、一般に配布するために記事を日本語や中国語に翻訳する手配をするように私に頼んできた。

次の記事は、米中の対立を一時代前の英米の対立と比較したものだった。二〇〇五年三月に発表した「中国は新たな冷戦の宿敵か」という記事は、さらに成功を収めた。この記事はまず韓国の「Oh my News」に掲載され、その後、ノーチラス研究所のＮＡＰＳネットリストに転載され、政策立案者に広く配信された。

冷戦モデルは的外れ

私は米中間の競争は本質的に経済的、文化的、政治的なものであり、軍事的な側面もあるが、おそらくそれは最も重要な要素ではないと主張した。さらに、アメリカは旧アメリカのようであり続け、中国は新ソ連のようであるという「冷戦」モデルの使用は、まったく的外れであることを明示した。この記事は広く読まれ、別の学者による複雑な反論を含むフォローアップがＮＡＰＳネットに掲載され、私の反論も掲載された。この記事は『フィナンシャル・タイムズ』紙にも引用されたが、私に関する記事が経済紙に掲載されたのは、極めて稀なことだった。

大使館で最も成功したプロジェクトは、私が運営を許可され、かなりの自由裁量権を与えられたKORUSハウス・セミナー・シリーズだった。私はこのセミナーがワシントンで開かれた討論のためのユニークな場であり、毎回参加してくれる熱心な会員を増やしたことが、最高の成果であったと思っている。

このセミナーは、韓国文化院の李賢杓院長が考案したコンセプトだった。KORUSとは、当時交渉中だったKORUS（韓米）自由貿易協定のことだ。私が文化院で経済学や自由貿易の利点に関するさまざまなイベントを企画するよう提案された。私は指示されたとおりに何度かそうしたが、私がいわゆる「自由貿易」に強く反対していたため、楽しむことはできなかった。私は自由貿易が環境や地域社会に与える破滅的な影響を知っていたし、与えられた資料を繰り返し読むこともできたが、大使館全体を支配していた自由貿易の推進には賛同できなかった。

多くのセミナーは、文化、経済（貿易以外）、環境、社会、歴史に関するものだった。私が招いた講演者には、アメリカのアジア政策に極めて批判的な人たちも含まれていた。『フォーリン・ポリシー・イン・フォーカス』のジョン・フェファーや、元駐韓大使でジョージ・W・ブッシュの猛烈な批判者であるドナルド・グレッグのような人たちを招聘した。韓国人は、そうした人選をまったく気にしていないようだった。イリノイ大学での講演で知り合い、私の仕事に強い関心を持っていた軍人も来てくれることになった。さらに、メールでのやり取りを通じて親しくなった日本の政治を研究する政治学者のチャルマーズ・ジョンソンも招聘した。

2　再び教壇へ

二〇〇六年の春から、私はパートタイムで再び教鞭をとるようになった。個人的には、学問から永遠に離れたかった。教えたいとも思わなかったし、また学術論文を書きたいとも思わなかった。もっと事務的な仕事の方が自分の興味やスキルに合っていたのだろう。しかし、私には副収入が必要だったし、健康保険もなく、わずかな給料を補うための唯一の収入だった。ジョージ・メイソン大学、そしてジョージ・ワシントン大学で教えた日本史の授業では、若い人たちと話す機会があり、アメリカという国をより深く理解することができたし、韓国大使館での生活とは違った新鮮さを感じた。ジョージ・ワシントン大学の何人かの学生は、その後も私と親しく付き合ってくれた。

洪大使の退任後、大使館での私の影響力はいくぶん低下し、政府主導のオンライン・ブランディング・キャンペーン「ダイナミック・コリア」の運営に韓国人スタッフ全員が参加するようになった。このため、私の仕事量が減ったことにより、李院長は私を喜んで送り出してくれた。CSIS、ブルッキングス研究所、ウィルソン・センター、ニュー・アメリカ財団、ヘリテージ財団などで開かれる多くのセミナーに出席して一日の大半を費やした。私はメーリングリストに登録し、短期間で多くのスタッフと親密な関係を築いた。名刺を集めて整理し、「ダイナミック・コリア」のために専門家にインタビューし、コルス・ハウスに専門家を招いて話を聞き、時折ランチやコーヒーを楽しみながら、できる限り役に立ちたいと申し出た。

アメリカ外交の柱、ブレジンスキー

当時のアメリカ外交の中心人物は、ズビグニュー・ブレジンスキー（ジミー・カーターの元国家安全保障担当、CSIS創設メンバー）とヘンリー・キッシンジャー（リチャード・ニクソンの元国家安全保障顧問、同じくCSIS創設メンバー）だった。この二人は影響力は重複しながらも、異なるサークルを形成していた。ブレジンスキーは企業内部でのつながりが強く、罪がないわけではなかったが、自分の役割をプロフェッショナルとして認識し、最終的には大義のために働く学者であり、戦略家だった。それとは対照的に、キッシンジャーは自分のコンサルティング会社、キッシンジャー・アンド・アソシエイツに連邦政府の資金を吸い上げようとするビジネスマンだった。キッシンジャーは特に急進的な民営化の提唱を通じて、アメリカの外交政策の本質を誰よりも悪化させた。

二〇〇六年に私がブレジンスキーにコルス・ハウスで講演してもらえないかと手紙を書いたところ、彼は詳細で丁寧な返事を書いてきた。国家元首や大物知識人に対するような真剣な態度で、彼はこの要請に応えてくれたのだ。その手紙は私に深い感銘を与え、ブレジンスキーはおそらく当初から私を擁護してくれた人物の一人であり、私を援助する上で、重要な役割を果たした人物の一人なのではないかとさえ思わせた。

ブレジンスキーと直接会ったのは、CSISのセミナーでの一度だけだった。私は彼に近づき握手をしたが、彼はまったくノーコメントだった。よそよそしい態度に見えたが、実はまったく逆だった。公の場で親密さを示す必要はない、と考えていたようだ。私を避ける人が多かった時期に彼がしてくれたことに私は感銘を受けた。

韓国の小説家に関するプレゼンテーション

韓国側では、多くの友人たちがアメリカの友人たちとは比べものにならないほど熱心に、私のポジションを探してくれていた。そして、二〇〇六年春、私立の名門、高麗大学の面接を受けるために韓国へ飛ぶことになった。この提案は現実的なものであり、私にとって重要な突破口になりそうだった。国際化を推進するキャンパス全体の努力の一環として、高麗大学の総長は外国人の雇用を増やそうとしていた。このポジションは国文科で、明確に外国人のためのものだった。私は講演を準備し、面接のためにソウルに飛んだ。

韓国文学部門のポジションのために私を面接するのは馬鹿げていた。私は人生で漢文小説を除けば、読んだ韓国の小説は五、六冊だけだった。現代作家の名前も数えるほどしか挙げられなかった。しかし、他にやる人がいないのであれば、韓国文学を英語で紹介する手助けをする有意義な役割を果たすことは可能だろうと思ったのは確かだ。

私は韓国文学の教授たち十四人ほどを前に、十八世紀の朴趾源《パクジウォン》について、韓国語で五〇分ほどプレゼンテーションを行った。質問の中には思慮深く、興味をそそるものもあった。しかし、私を貶めようとする教授が二人いて、私が朴趾源を研究している韓国の専門家を知っているか、この分野の重要な論文を知っているか、と詰め寄った。私は自己弁護する気はなかった。しかし、もし私を雇ってくれるなら、大学の国際化を手伝うことができると提案した。

質問は一〇分ほど続き、面接は終了した。私は退席を求められた。講演はしたが食事に誘われなかった初めての面接だった。後日、ある教授と電話で話したところ、教授たちは私に反対しているというより（実際、私が韓国語を学ぼうとした努力は評価していた）、総長が国際化プロジェクトの一環として、もっとも保守的な学科の国文に私を強引に採用しようとしたことに憤慨しているのだということがわかった。

韓国の保守派

その後、韓国中部、大田《テジョン》にある又松《ウソン》大学の新しいソルブリッジ・インターナショナル・スクールの教授というポジションが提示された。この大学は一九九五年に設立された比較的新しい大学だった。

給料は私がワシントンで受け取っていた給料の二倍だった。住居も与えられ、自動車も貸してもらえた。大学の国際化プログラムであり、私がその責任者になると聞かされていた。ハーバードやイェールで学問を受けた教授がいると言って、さらに大物を引きつけるために、私を最初に引き入れたかったのかもしれない。

私は一カ月間、この仕事がどんなものか確かめるために大田に単身赴任した。快適な小さなアパートを与えられた。前妻は韓国に来たがらなかった。実際、私自身も韓国で長く過ごしたくはなかったが、成り行きはまったく私の手に負えなかった。私の結論は、ワシントンよりも大田に可能性があるというものだった。当時、私は韓国語をそれほど知らなかったし、韓国に広範なネットワークを持っていたわけでもなかった。

しかし、韓国での活動には制限があったものの、アメリカにいる時よりもはるかに自由があったことは最初から明らかだった。私の心は決まっていた。

韓国の大学で教える

前妻のスンウン、息子のベンジャミン（六歳）、娘のレイチェル（三歳）も大田に来た。私は常に又松大学と忠清南道の役に立とうと働いた。私は毎朝、町の北側にあるアパートからバスに乗り、誰もいない広いオフィスに座って、パンフレットの修正や教員の募集、プログラムの運営方法についての提案などを手伝った。

忠清南道の知事に協力する補佐官としても仕事をしていたが、ソルブリッジの建設を手伝う仕事よりも興味深かったが、半年も経たないうちに、知事の長年の支援者である又松大学の金成敬《キム・ソンギョン》理事長は、私を主に大学のために働かせ、知事室の仕事は少なめにしてほしいとはっきり申し入れてきた。そのため、知事と日本への旅行を行い、観光客誘致や多文化教育実現のためにさまざまな努力をした後、知事室での私の仕事は徐々に減っていった。

同じ頃、私はソルブリッジ・インターナショナル・スクール（後にビジネススクールに改変）の新しい学部長をリクルートする役を仰せつかった。又松大学側の理事長は安全保障研究の専門家二人を引き抜こうとしていた。

そのうちの一人は、クリントン時代の対北朝鮮交渉の中心人物であった高名な外交官だったロバート・ガルーチだった。しかし、ガルーチの要求はかなり高く、又松は断念した。そして、ジョージア工科大学のジョン・エンディコットにも目をつけた。彼はアジアの安全保障の専門家で、北東アジアの非核地帯について思慮深い提案をしており、日本人女性と結婚していた。結局エンディコットが学部長となって赴任してきた。

大田での四年

大田では、外国投資誘致をはじめ数多くの相談を受けた。その中で最も成功したのは、同じく大田にある国立大学のエリート大学、ＫＡＩＳＴを中心とする「大徳研究クラスター」での仕事だった。ＫＡＩＳＴはグローバル化の進展に呼応し、すべての講義が英語で行われることで知られている。「大徳研究クラスター」とは、大学内で複数の研究者や教員が分野横断的に共同研究や教育研究を行うための組織やグループの名称だ。

このプロジェクトは、私がイリノイ大学の工学部で行った仕事と少し似ていて、とても楽しかった。

私は担当者から「大徳研究クラスター」にある、すべての政府系研究所の副所長のリストをもらった。その全員に自己紹介と、彼らと彼らの研究所の役に立ちたいとEメールを書いた。十五人のうち六人が返事をくれ、会ってくれることになった。一年も経たないうちに、私はすべての研究所と実質的なネットワークを築き、それぞれの研究所が何をしているのか、その管理者は誰なのかを体系的に学ぼうとした。

盧武鉉の後に大統領になった李明博《イ・ミョンバク》は、現代建設の元CEOだった。盧武鉉政権の多くの政策を後退させた。街頭では大規模な抗議デモが起こったが、韓国国民の大部分は彼の成長促進をすレトリックに魅了された。

彼は早くから「グリーン成長」という言葉を打ち出し、環境に優しい経済計画が政権の中心になる予定だった。

私は知人とともに、大田がエコシティのモデルとなり、「大徳研究クラスター」の先端技術や科学研究を活用することで、それを実現する方法についてのビジョンを提唱した。

私たちはメディアから注目され、どうすれば大田を環境に優しい都市にできるかを議論する定例会議が開かれ、刺激的で壮大な話が多くあった。それから十五年、大田はほとんど変わっていないし、先進的なエコ都市にもなっていない。

李明博政権は私たちが提案した内容にはまったく興味を示さず、その後は完全に無視された。

書くことに活路を見出だす

大田時代に学んだのは、書くことが私に開かれた唯一の扉であり、急激な浮き沈みのない、安定した仕事ということだった。さらに、ジャーナリスティックな執筆が軌道に乗り、次いで書籍が出版され、私のキャリアを軌道に乗せるために必要だと考えていた評価をようやく得ることができた。

英語では、最初の数年間、アメリカのノーチラス研究所の『フォーリン・ポリシー・イン・フォーカス』と韓国の『Oh my News』に国際関係や気候変動（これが私の活動の中の最も重要な部分となった）に関する記事を書いた。

興味深いことに、外国人が韓国メディアに積極的に執筆するのは極めて異例であったにもかかわらず、又松大学は完全に無視し、あたかも私が存在しないかのように振る舞った。私はすでに、何とかしてこの大学から抜け出す方法を見つけなければならないと決心し、さらに執筆活動に力を注いだ。やがて、私はさまざまな中堅紙に記事を投稿できるようになり、多くの露出を得ることができた。

慶熙大学

大田からソウルへ

私は大田を都市としてプロモートするという考えに基づき、研究戦略だけでなく、観光やイメージに関する幅広い考察に取り組んできた。大田の新しいロゴを作ったり、楽しい大田のTシャツやボタンを作ったり、大田の面白い場所を英語で詳しく紹介する芸術的なウェブサイト「大田コンパス」を作ったりした。

しかし、市役所の友人たちの沈黙は際立っていた。さらにその頃、私は以前ほどイベントに呼ばれなくなったことに気づいた。大田での私の活動は明らかに凍りついた。私が小さな池の大きな魚になりすぎたのだと友人は説明してくれた。同時に、私の主要な後援者であった姜啓斗《カン・ゲドゥ》が「大徳研究クラスター」のCEOの職を解任された。しかし、その争いが主に大田内の派閥争いだったのか、それとも李明博政権が背景にいたのかはわからない。

又松大学の新学期は二〇一一年三月に始まったが、二月の始めになっても、どの大学からも新たなポストのオファーはなかった。私はまたしても失業がやってくることを覚悟した。

そして、二つのブレイクスルーがあった。姜啓斗が全羅南道光州市の副市長に就任したのだ。彼は私の数少ない真の友人として、すぐに私に仕事を見つけようと動いてくれ、地元の私立大学である朝鮮大学の総長から私がそこで教鞭をとれるという約束を取り付けた。有名な大学ではなく、前妻もあまり住みたがらない町ではあったが、少なくとも一定の地位はあった。

もう一つのチャンスは慶熙大学だった。慶熙大学は韓国でもトップテン、いやトップセブンに入る伝統ある大学だった。

3

企業やNGOは私の著作を喜んでくれ、講演に招いてくれたが、実際に私を雇おうとするところはなかった。

この時期、私は学術雑誌に投稿しなかった。複数の理由があったが、このような狭い範囲のジャーナルで教授を評価するシステムが気に入らなかっただけでなく、論文を書くことに喜びを感じられなかったのだ。

さらに重要なのは、私のもともとの専攻分野だった文学や他の学問分野の学会に招かれることがなくなったため、学術雑誌への論文を書くことを促したり、必要としたりするような同僚たちとの知的交流がなくなったことだ。

解決策は、韓国での私の冒険とアジア研究の経歴について、韓国語で本を出版することだと私は心に決めた。その頃には、私がコンサルタントとして生計を立てることは不可能で、大学以外の組織に雇われることもないことは明らかだった。イェール大学の同級生が韓国で僧侶になり、そこでの体験を綴った本を書いてベストセラーになっていた。彼は玄覚スニム（僧侶）と名乗った。私たちはやがて会うことになり、私の韓国語の本が出版された時には、彼に序文を書いてもらうことになった。

私は自分の幼少期、家族の構成、アジアでの最初の経験、韓国語の学習、韓国での一般的な学習、韓国の伝統に対する理解について、英語で詳細に原稿を書いた。大田での仕事についても詳しく書いた。その後、イ・ミソンという若い女性を雇い、原稿を韓国語に翻訳してもらった。

風変わりな作家との出会い

しかし、出版社に話をし始めると、まったく興味を示してもらえなかった。誰もこの企画を引き受けたがらず、多くの人は私に直接会おうとさえしなかった。たまたま李山河《イ・サンハ》という風変わりな作家と出会い、彼はマッコリ（韓国の伝統的アルコール飲料）を三杯飲んだ後、この本を出版することに同意した。

李山河は学生運動家だった人で、一九四〇年代に済州島で起きた韓国政府による民間人虐殺についての詩を発表したため、刑務所に入れられたことがあった。彼は広く本を読み、思慮深い知識人であり、私に真摯な関心を寄せてくれた。

結局、彼はゴサンという作家兼教師の編集者を見つけてくれた。ゴサンは私の文章から韓国語の原稿を作るのを手伝ってくれた。幸い、ゴサンと話すのはとても楽しく、私たちはかなり親しい友人になった。ノマドブックスから出版される準備が整った。

この本（『人生はスピードではなく方向性の問題だ』）は若者の読者をつかみ、少なくとも一万五千部、あるいは、それ以上売れたのではないかと思う。文化や歴史、現代社会に対する私の真の関心について語り、自分自身を直接表現する機会となった。

大手新聞社を通じてより多くの国民に向けて執筆し、韓国語と英語の両方で講演者として幅広いイベントに招かれるようになっても、私の教授としての地位はますます不確かなものになっていった。

又松大学から慶熙大学へ

話を少し戻すと、私は二〇一〇年秋に又松大学との契約が更新されないと突然、告げられた。なぜ私が突然、解雇されるのかはわからなかった。光州の朝鮮大学への就職が決まったと思ったが、慶熙大学に提出した書類が受理されたとのメールが届いた。

慶熙大学の趙仁源《チョ・インウォン》総長は、私の採用に相当な熱意を示していた。アメリカの高等教育の最高峰を韓国に持ち込み、アイビーリーグの強豪校と緊密な関係を築くグローバル・プログラムを開発するという彼の計画に、私はうまく合致したのだ。私はその中心的役割を担うことになった。

私はまた、慶熙大学の至宝である「グローバル・コラボラティブ」と題されたサマー・プログラムの責任者にも任命された。慶熙はこのプログラムをペンシルバニア大学と共同で運営し、イェール大学、プリンストン大学、ペンシルバニア大学などから一流の教授を招聘した。

慶熙大学での最初の二年間は、英語学部のド・ジョンイル教授が設立した新しいリベラルアーツ・プログラムであるユマニタス・カレッジで過ごし、最後の四年間は、私に助教授のポジションを与えてくれる唯一の学部であった国際学部で過ごした。

朝鮮日報のコラムニストに

私は毎月、あるいは毎週、韓国の新聞に数多くの記事を書いた。それらの記事の多くは広く読まれ、その過程で私は韓国で知識人としての地位を確立した。私は主流派として認知されず、アジア研究に関する学会に招かれなかったけれど、私が歩んだ道は、韓国の一般読者に向けての書く方法を習得し、決して得られなかったであろう幅広い支持を得るのに役立った。

その後、私の人生経験と韓国文化との出会いについて書いた『人生はスピードではなく方向性の問題だ』は、前述したようにノマドブックスという小さな出版社から出されたにもかかわらず、多くの人が読み、中には直筆の手紙をくれる人もいた。

二〇一二年になると、私はNGO団体や企業、その他の組織から、これまでにない数の講演依頼を受けるようになった。私はフランシス・フクヤマやノーム・チョムスキーといった著名な学者へのインタビューをもとに、韓国が直面する深刻な課題を取り上げた原稿も書いた。この原稿はよく書けていたが、大ヒットとはならなかった。しかし、この本は韓国全体における私の評価に貢献し、次のステップへの舞台を整えた。

この本は私をメディアの「食物連鎖」のトップに押し上げた。二〇一三年の春、私は韓国でナンバー三の新聞『東亜日報』のコラムニストのポジションをオファーされた。この就任で慶熙大学側は私の認識を一変させた。短期間ながら、韓国で著名人として扱われるようになった。さらに韓国で最も発行部数の多い『朝鮮日報』のコラムニストに任命された。『朝鮮日報』は極めて保守的な新聞で、まったくのミスマッチだったが、その時点で私は韓国を理解するアメリカ人として重要な戦力だと認識された。

その集大成が、二〇一四年春から二〇一九年一月まで、『中央日報』の常任コラムニストに任命されたことだった。政権中枢にいる誰もが基本的に私の社説を読むようになり、メディアではあまり取り上げられないようなトピックについて、効果的なコラムを書くことに多大な努力を傾けた。

また、私の作品を韓国語、中国語、日本語に翻訳してくれる人たちを見つけてきた。さらに、私が書いたものを出版してくれる出版社もあった。最も重要なことは、私にはスポンサー企業からの資金提供などなく、客観的で適切な記事を書くという評判があったことだ。

ベストセラーとなった『韓国人だけが知らない大韓民国』

しかし、私にはさらにもう一歩、思いがけない出来事が待っていた。私は親友であるケーブルテレビYTNの記者、ワン・ソンテクに自分がまとめた『韓国人だけが知らない大韓民国』の編集を依頼した。韓国の歴史に造詣の深いプロのジャーナリストであるワンは、私の文章を幅広い読者にアピールできるように手直ししてくれ、二〇一四年に一流出版社である21 Century Booksから発売された。

この本は韓国人自身があまり認識していない韓国の独特な長所を再認識させるのが目的だった。韓国がすでに先進国であること、世界のトップ企業や世界最高の韓国人を輩出していることを指摘した。その上で、韓国の素晴らしい文化的遺産とそれをどのように保護し、活用すべきかについて詳しく説明した。

例えば、韓国の伝統文化、人間性豊かな風水、先進的な環境に優しい農法、ソンビ文化など、韓国の独特な文化を、国際社会に効果的にアピールするべきだと訴えた。K-POPより伝統哲学を重視すべきだと私は考えた。意外にもこの本は、全国的なベストセラーとなり、一週間の間、全国トップテンに入った。私は新たな認知を得ることができたのだ。

それにつれ、私の存在は慶熙大学でも見直されたようだった。さまざまな委員会に招かれ、趙仁源総長へのアドバイスやスピーチの編集も頼まれた。

それでも慶熙大学は私にテニュア（終身在職権）を与えてくれるわけでも、大きな収入を与えてくれるわけでもなかったが、ソウルが私にとって住みやすい場所になるように住居を提供してくれた。振り返ってみると、ソウルの下町に住んでいたあの時期は、私の人生において安定した幸せな時期だった。子どもたちは成長し、前妻は高麗大学の美術史の修士課程に入り、かなり熱心に勉強していた。

水原キャンパスに移る

実際、大学は私を教授にさせようとはしなかった。大学は私の弱い立場を自由に利用できると思ったのだろう。個人的には、二〇〇二年に学問の世界から永久に去っていてもよかったのだが、教員を続けざるを得なかった。今回、韓国で独立起業することも、それ以外の仕事に就くこともできないことは明らかであったので、何とかして、教授に戻ることで、私が直面する解決不可能な問題を解決できるのではないかと期待していた。他のすべての要素が同じであったなら、慶熙にいたことはプラスになっていただろうと思う。しかし、他の政治的・社会的問題は急速に悪化し、やがて私の人生と思考に直接的な影響を及ぼし始めた。

各部署とのさまざまな交渉の末、大学当局は私がソウルから遠く離れた水原にある慶熙大学国際学部に移ることを決定した。

中国文学科、日本文学科、国文学科は私を必要としていないことを明らかにしていた。国際学部では最初の数カ月で、私がこのプログラムに適していないこと、そして、そもそもこの教授陣が私を必要としていなかった。文系出身者は私だけだった。教授陣のほとんどは経済学の教授で、新自由主義的なイデオロギーを受け入れていた。

授業が英語で行われたおかげで、私は時間を節約することができた。また、プログラムのランクが比較的高かったことで、韓国社会、特にエスタブリッシュメント・コリアンの間で、ある程度の権威を持つことができた。その間、非常に優秀な学生が何人かいたし、事務所のスタッフとも親しかった。しかし、私は学科の教授たちとはさして親しくなかったし、彼らの同調主義を不愉快に思っていた。

国際学部で数年間過ごしたが、毎日が次第に退屈なものになっていった。私は慶熙大学の国際交流プログラムから徐々に排除されていったからだ。私はこの状況を受け入れ、自分の執筆活動と、協力者とともに新たに設立したアジア・インスティチュートの発展に力を注いだ。しかし、私が学部から期待されていた活動から離れてしまったため、学部は私の契約更新を遅らせることになった。慶熙大学で私は他の教員と交流するよりも、学生と話す方が好きだということに気づいた。

慶熙大学の文化にも大きな変化があった。それは二〇一二年二月一八日に創立者の趙永植《チョ・ヨンシク》が亡くなったことに関係していた。私は趙永植に会ったことはなかったが、彼の存在の大きさを感じていた。意志の強い彼は、権威主義とリベラルな国際主義を同居させながら慶熙大学を築き上げた。芸術と人文学を支援し、環境と世界平和に献身しようとする強い意志があり、私はそこに惹かれた。過去には政治的な問題を抱えた人物が、慶熙に身を寄せていたこともあった。その独特の文化が薄れていった。

慶熙大学で仕事を始めた時から、私が正教授になる資格が十分にあることは明らかだった。しかし、私の地位は七年間、准教授のままだった。二〇一七年に審査を受けた時（昇進のためではなく、准教授としてさらに五年間在職することを認めるため）、学部は私が契約更新の要件をわずかに下回っていると判断した。しかし、実際には私は彼らが要求した通りの数の論文を発表していた。プロセス全体が見せかけだったのだ。

朴槿恵大統領の関心を引いた記事

私は李明博大統領後を継いだ朴槿恵大統領の政策に特別なシンパシーを感じていたわけではない。ただ、韓国の自主外交を常に念頭に置いていた。彼女は思いやりのある人物で、皮肉な政略家に囲まれていたとしても、国家に対する責任感を持っているという。これは彼女に近い複数の人から聞いていていた。

私が初めて朴槿恵大統領を見たのは、子どもたちと一緒に参加した新作アニメ映画のオープニングで彼女が挨拶した時だった。彼女は当時、私の娘レイチェルが通っていた奨忠小学の卒業生だった。しかし、言葉を交わすことはなかった。

二〇一五年十月、朴大統領がオバマ大統領との会談のために訪米を計画する一カ月前のことだ。私は記事を書いた。その記事が掲載される三日ほど前に、青瓦台（大統領府）の秘書から電話がかかってきた。私の記事の草稿を見て、直接会うために誰かを送り込もうと考えたのだろうと思った。後で知ったことだが、彼女は私の記事をとても気に入ってくれていた。翌日、私は秘書官と会い、訪問の複雑さについて話し合った。

私は日本の安倍晋三政権が行っていることと明確なコントラストを確立するような方法で、朴大統領が韓国の視点を示すことができるかもしれないことについて提言した。私は個人的に、朴大統領の今回の訪米は、そのアドバイスに忠実に従ったものだと思った。

それから一カ月後、外交・安全保障担当のチュ・チョルギ上級秘書官から電話があり、昼食に招待された。プロの外交官であるチュは、私が韓国で何をしているのかに興味を持ってくれた。

実は私は朴大統領の政策のほとんどに反対で、政権が不必要に近づきにくく、秘密主義的だと感じていたが、彼はとても話しやすかった。昼食では、現在の外交の複雑さについて話したが、主に文化について話した。食事の終わりに、私は彼に拙著『韓国人だけが知らない大韓民国』をプレゼントした。彼はこの本（朴大統領もこの本に関心を寄せていたようだ）や私の他の著作に興味を示してくれた。数ヵ月後、私は第三者から、チュが青瓦台に戻った朴槿恵大統領にこの本を渡すと、彼女は一気に、隅から隅まで読んだという話を聞いた。朴大統領はこの本のことは知っていたが、一読して、私の本が韓国の未来に対するビジョンを提示していると信じるに至ったのだ。

大統領の愛読書になった

朴大統領は閣議の冒頭で、私の本について熱心に語った。この本が彼女の愛読書であり、韓国のビジョンを提示していると述べたという。韓国の歴代大統領は、自分の愛読書を公表する伝統があったため、メディアはこの話にすぐに飛びついた。これまで韓国の大統領に会ったこともなかったし、書いたコラムが読まれていた割には、高名なイベントに招待されることもほとんどなかった。大統領から支持されたことで、私は急速に、韓国に関する主要な論客としての地位を確立した。

後日、大統領府のメンバーから「これから何をしたいか」と聞かれた。私は「自分のアイデアについて、政府のいろいろなところで話をしたい」と答えた。私はすぐに一連の講演に招かれ、最終的には政府高官を対象に四回の講演を行い、韓国の良き統治の伝統が持つ力を力説し、韓国の未来を形作るために、どのように活用できるかを強調した。これは政府内で広く話題になった。

私はまた、六十人の高級将官と提督の前で講演も行った。気候変動やその他の新たな脅威について長時間語った。このスピーチの準備のために、私は何時間も費やした。他にも法務部や外務

私は2014年に文化隆盛委員会委員となり、会議は何回も開かれた。

部、その他多くの機関でスピーチを行った。私は経済的不公正や気候変動など、話したいことは何でも話すことを許された。保守的なはずの政権であることを考えると、かなり驚くべき変化だった。

私は私が言いたいことを何でも言う自由を完全に与えられていたこと、そして、私が朴大統領の政権の政策の多くに公然と反対していることを、彼女がまったく気にしていないらしいことに驚かされた。彼女が多くの政策をまだ最終決定していないからだったようだ。

私はまた、朴大統領が委員長を務める文化隆盛委員会の委員にも任命された。いくつかの会議に出席したが、その中には朴大統領が出席した会議もあった。私には朴大統領の隣の席が用意されており、新聞に掲載された写真には、私が中央に写っていた。この委員会はその後、さまざまな金銭スキャンダルでメディアの注目を集めた。外国の新聞や雑誌は、アメリカ人が書いた本について全く触れなかった。私が過去にアメリカに対して行った批判が影響している可能性があった。

大学という「営利企業」

半年間、私が正教授になれるかどうかはおろか、契約が延長されるかどうかも宙に浮いたままだった。結局、契約はさらに四年延長されることになった。しかし、二冊の本を含む私の出版物は何の役にも立たなかった。まるで新任の助教授のような扱いだった。

それだけではなかった。契約が延長されたことを知ってすぐに、私は研究を行うためのサバティカル休暇はいつもらえるのかと再度、尋ねたところ、出版が遅れているので、もはやサバティカルを取る資格はない（つまり、出版物を書く時間は与えられない）と言われた。

私が慶熙大学を去りたいと思うようになったのは、他にも理由があった。私は自分の健康について、心配があったからだ。

言葉は悪いが、慶熙大学は多くの授業を低いレベルの知的内容に抑え、さらに低い賃金で教員を使って教える、営利企業に成り下がったと感じた。私は時が経つにつれて、そうなっていくのを目の当たりにしていたが、学部長との面会ですべてを思い知らされた。私は数週間後、退職の意向を伝えることになった。

私は韓国のエリート大学のメンバーとしては、はるかに役不足な存在になりつつあった。ハーバード大学やイェール大学の教授たちと連絡を取り、慶熙を多くの面で助けることはできたが、私の心はもはやこのプロジェクトにはなかった。誰も戦争や気候変動、富の集中について語ろうとはしなかった。私はアメリカ政府で行われている犯罪行為についてどころか、実質的なことについては何も話さないという教授陣の姿勢にショックを受けた。七年間のプログラムはそれなりに成功したが、私の心は別の方向、つまり急進的な批評へと向かっていた。

第五章——日本と韓国、アメリカのはざまで

朴槿恵大統領が、スキャンダルのために弾劾され、二〇一七年に進歩系の文在寅大統領が就任した。それに伴い、私は韓国での基盤を大きく失い始め、メディアからの取材やイベントへの招待が目に見えて減った。子どもの教育問題もあり、韓国で暮らす魅力は薄れ、アメリカに戻ることを考えるようになった。

韓国は私の人生の突破口になってくれた。日本や中国で有意義な講演を行い、高い評価を受けたこともあった。アメリカでの新たなチャンスもめぐって来た。日本の場合、二〇〇五年からワシントンの韓国大使館に勤務していた頃から、交流の厚みが薄くなった。それ以前は、日本で数カ月間、研究をするために招かれたり、学会に参加したりしたこともあった。

大田にいた時には、科学政策に取り組んだ結果、日本でのイベントに招かれるようになり、友人から日本で開催される二つの会議に招待された。とてもありがたかった。大田でソウルの日本大使館の科学担当官とも頻繁に会うようになった。

京都で三年間、開催された大規模なＳＴＳフォーラムという会議には常連の参加者となった。これは日米や他の先進国から科学者や科学政策担当者が参加する、資金力のあるイベントだった。ＳＴＳフォーラムの創設者である尾身幸次元財務大臣とは何度かお会いする機会があった。

1

福島原発事故

もう一つの重要なマイルストーンは、二〇一三年九月私の論文「Peer to Peer Science」だった。福島原発事故への対応に関する論文である。

この論文は、フォーリン・ポリシー・イン・フォーカスの年間人気記事ベストテンに入るもので、福島原発事故による環境危機に効果的に対応するために、世界中の人々を参加させる方法について述べたものだった。この記事が日本語で発表されてからしばらくの間、私は会ったこともない日本人から無数のメッセージを受け取り、福島原発事故への対応に関する政府・学術委員会に招待され、自分の意見を発表した。

私は自費で数日間、福島を訪れ、福島とソウルの青少年の交流プログラムを企画したこともあった。

この活動の中で、河中葉という若い日本人女性に出会った。彼女は非常にエネルギーにあふれ、献身的で、私が主宰するシンクタンク、アジア・インスティテュートの数々のプロジェクトに協力してくれた。後に私は前妻を病気で亡くし、河中と結婚することになるとは思わなかった。

日韓関係に対する私の夢

二〇一九年、文在寅政権で目立つようになったあからさまな反日的レトリックを公然と批判したことがある。日本が完璧な国だというつもりは毛頭なかった。いわゆる進歩的な政権が狭い視点に立っているのが耐えきれなかったのだ。

日韓関係は私にとって、とても大切である。私は両国の文学と文化の研究にキャリアを捧げてきたため、どちらの国もふるさとと同然だ。二〇一六年のことだが、このテーマで、ネットメディアに寄稿したことがある。

「慰安婦問題」の日韓政府合意のニュースを聞いた時、私は半信半疑だった。慰安婦問題は、人々の感情を逆撫でし、十年以上も日韓関係の障害になってきた。それが二人の外交官の密室で交わしたやりとりによって、そう簡単に解決できるわけがない。二つの国の間には、いわゆる徴用工問題もある。帝国主義の悲痛な記憶と、植民地時代の問題に対する軽視は、いまだ我々の傍に残っている。同じ過ちを、知らぬ間に再び犯してしまわぬように、こうした問題を決して忘れず、自らの戒めとしなくてはならない。

両国で合意してこれから歩む道を築くためには、対話の場に多くの人々が参加するしかない。日本と韓国の専門家、一般国民が顔を合わせこうした問題、そして、現代との関連を話し合う機会が我々には必要である。国民のコンセンサス抜きで政府高官によって交わされた合意は、本来の意図がどうであれ、ごまかしだと解釈されてしまうだろう。

私には、金大中政権時代に日韓の文化交流が増えたことが、今でも印象に残っている。当時、イリノイ大学で日本文学の教授だった私は、両国がより客観的な視点で歴史問題の解決に着手し、お互いがともに協力し合える時期がいよいよ来たのだろうと、心を励まされた。

しかし、経済や貿易に比べ人的交流による日本と韓国の協力は、失敗に終わった。重要な問題について日本人と韓国人が意見を交換できる機会も減ってしまった。自由貿易交渉、領土問題について高級官僚らの会議はあったが、市民同士が親交を深め、何かの目的に向かって一緒に力を合わせる機会は減った。

韓国も日本も大切な国

私は十九世紀の文人、田能村竹田の漢詩について日本語で修士論文を書いて、東京大学で修士号を得た。田能村竹田にならって、日米韓三カ国間に文人のネットワークを作ろうとも思った。その後、荻生徂徠の思想を研究し、彼の著書「訳文筌蹄」を初めて英訳した。十年間、アメリカで日本文学の教授を務め、日本の古典文学を研究しながら学部生と院生に日本文学を紹介した。親しい日本人の友達も多く、院生時代を過ごした東京の駒場、要町、本郷、神保町の面影は今でも鮮明に覚えている。

韓国も私にとって非常に大切だ。私は韓国の古典小説を研究し、儒学者の丁若鏞《チョン・ヤギョン》と朴趾源《パク・ジウォン》の書物を翻訳し、数多くの韓国人研究者と仕事をした。日本語ほど韓国語は上手ではないが、韓国人の女性と結婚し、家族とともに韓国にも住んだ。

私は日本と韓国の学者にインスピレーションをうけ、キャリアを築いてきた。また、日本と韓国の文豪の名著は、私の人生を豊かにしてくれた。日本と韓国は私の両親であり、親しい友人なのだ。

私の家族の歴史

私が歴史について考える時、家族の歴史を抜きにすることはできない。私の場合は、アジアではなく、ヨーロッパでの過去の悲劇に立脚している。父方の家族はハンガリーに住むユダヤ人であった。私の曾祖父はブダペストのはずれのBüd St. Mihyという小さな村の出身であった。父は現代の地図で、その村を探そうとしたが、見つけることができなかった。

ワシントンのホロコースト記念館を訪問した時に初めて、父はその村がドイツ人によって完全に抹殺され、すべてのユダヤ人の村人たちが死の収容所に送られたことを知った。生き残った人もいるかもしれないが、私はヨーロッパにいる父方の親戚を知らない。ドイツによる死のキャンペーンがもたらした破壊によって、ヨーロッパとのあらゆる関係が断ち切られてしまったのである。

対照的に、私の母はルクセンブルクでカトリックの家庭の第四子として育った。彼女の家族はナチスが台頭した際に二つに引き裂かれた。彼女の父、すなわち私の祖父はナチスに強く反対していて、ナチスによる占領後もナチスが最終的に敗北するまで反対を貫いた。それでもやはりナチス党にいた友人は多かったし、自身をきっぱり社会から切り離すことはなかった。

一方で、祖父の弟は早くから熱心なナチスの支持者であった。親戚の多くはヒトラー・ユーゲントという青少年組織の活動に積極的であり、何人かはドイツ軍に入ってロシアに行った。

このような複雑な家庭背景により、私は子どもの頃から想像してきた。ドイツ人に捕えられ、抹殺されたユダヤ人の気分はどうだったのだろうか。大規模な凶悪犯罪に手を染める国家に捕われる気分はどうだったのだろうか、と。

そして、私はどんな判断を下す時も、本能的に二度、考えるようになった。私は他人を批判することにとても躊躇するようになり、また、不条理な体制にあって究極的に日本人がしたことは、邪悪な民族あるいは邪悪な文化のもたらした結果というよりは帝国主義体制の産物であり、海外市場を手中に収めるために行った、拡大政策の結果であったと認識することが重要であると思うようになった。

日本の犯罪行為もまた、人類の中にある偽善と矛盾の産物であった。我々の誰もがみな、恐ろしい残虐行為を行いうる存在であり、そのような残虐性が我々の中にある、ということに気づき得なければ、慰安婦の教訓を真に学んだということにはならない。

私には日韓関係に夢がある

慰安婦問題について思いをめぐらしていると、ふとマーティン・ルーサー・キング牧師が一九六三年八月二十八日に行った有名な演説「私には夢がある（I Have a Dream）」が頭をよぎった。キング牧師がリンカーン記念堂の階段で人種差別のないアメリカを思い描き、二十万人の聴衆がその演説を聞いて深い感銘を受けた。

その中に「私には夢がある。それはいつの日か、この国が立ち上がり、「すべての人間は生まれながらにして平等であることを、自明の真理と信じる」（「アメリカ独立宣言」）というこの国の信条を真の意味で実現させるという夢が」という言葉があった。

私はそのすばらしい演説に感銘を受けて、次の文章を書いた。

①　私には夢がある。それはいつの日か、韓国人と日本人が一つになって、中国、アメリカと一緒に、人類を脅かしている真の敵に向かって力を合わせるという夢である。敵とは、隣国ではなく、全世界を脅かしている環境危機、つまり気候変動である。その解決のため、全面的に協力するという夢である。

②　私には夢がある。それはいつの日か、韓国の歴史家が日本の帝国主義に勇気をもって立ち向かい、犠牲になった日本の幸徳秋水のような学者たち、小林多喜二のような作家たちを引用して、政治家、市民に敬意を表し、韓国の歴史博物館でも彼らを顕彰するという夢である。

③　私には夢がある。それはいつの日か、韓国人が日本の誤った政策を批判する時、平和主義を主張した笹本潤（弁護士。日本国際法律家協会、アジア太平洋法律家連盟事務局長。国際平和や移民・難民、女性の権利にかかわる各種訴訟にとりくむ）先生の名前を思い浮かべ、引用するという夢である。

そして、日本人が科学技術政策を考える時に、韓国の世宗大王（朝鮮王朝の第四代王、ハングル創始者として知られる）の科学政策はすばらしく、古代韓国の優秀な行政の事例を参考にするという夢である。いつの日か、日本と韓国の過去二千年の王朝の行政システムを理解する両国の歴史学者たちとともに、日本と韓国が合同の連続講座を行うという夢である。そして、専門家たちが、両国の政府官僚と会って、過去の制度で実践されていた良策から、どのように未来の行政に活用できるかを議論するという夢である。

いつか日本と韓国が一つの村になる日

④　私には夢がある。それはいつの日か、日本と韓国がいにしえの時代にそうだったように、平和に包まれ、一続きの村々となってつながるという夢である。村と村の間に人々が行き来し、お互いに尊敬し合いながら、時には親しく行ったり来たりするという夢である。

⑤　私には夢がある。それはいつの日か、日本と韓国がともに世界中の人身売買と性的搾取に

対して、より厳格な法律を制定するという夢である。女性に対する犯罪をなくす努力をするように、世界の他の国々を促す、高い基準の新たなアカウンタビリティ（説明責任）を設定するという夢である。過去の慰安婦が、味わった苦しみの分、日本と韓国から補償され、日本と韓国政府の両方が、今日の女性のために、この悪夢を終わらせることに尽力するという夢である。

⑥　私には夢がある。それはいつの日か、日本のすべての小学校が韓国に姉妹校を持ち、日韓の小学生がインターネットを通じて日常的に一緒にプロジェクトに取り組むという夢である。両国の学生、両国のコミュニティが、お互いに近所のこと、家族のこと、希望、そして夢を話し合える未来を想像しよう。子どもの頃から相互利益のための共同プロジェクトを通じて、個人的な友情を長年にわたって育み、日韓関係の新時代の基盤を築き上げていくという夢である。

2　南北関係に願うこと

朝鮮半島の衛星写真を見ると北朝鮮の夜は暗い。一方、日本や韓国の夜は人工光で明るく照らされている。アメリカの多くの専門家たちはこのような違いについて、北朝鮮が未開発な落後国家であるからだと主張する。これは即ち、北朝鮮の偏っていて抑圧的で、哀れむほど立ち遅れた体制の結果だと言うのである。

明らかな点は、明るく照らされた韓国は発展、先端技術、民主主義、そして、自由市場のモデルであるということである。韓国は発展と民主主義の光を得たところであり、北朝鮮は独裁や無知の暗闇に満ちたところという説明は、朝鮮半島の衛星写真を見る世界の人々の頭の中にいつの間にか吸収され、美的にも完璧な写真であるかのように記録されている。

韓国の革新派と保守派の想定は根本的に違わない。両派とも、韓国は更に発展を遂げ、その増え続ける国内総生産（ＧＤＰ）の恩恵を北朝鮮も享受しながら、自動車に乗り、テレビやスマートフォンを持ち、広い家に住んで、世界的にヒットしたK-POPを制作し続けるべきだとしている。

現在のように閉鎖的で抑圧的な北朝鮮の政府が理想モデルだと主張していることには呆れるが、それと同時に、北朝鮮が韓国のように変わるべきだという主張に対して、私は安易に同意することはできない。何故なら、私は十二年間、韓国に住み、韓国の深刻な問題を目撃してきたからだ。高い自殺率、汚染された空気、学校での容赦ない競争、若者たちが感じる疎外感、輸入食品や輸入燃料への過度な依存、そして、おびただしい数の貧困高齢者といった諸問題は、韓国全域に深く暗い影を落としている。これは、朝鮮半島の衛星写真では写すことのできなかった韓国の姿である。

韓国と北朝鮮について話す時、朝鮮半島を人工衛星のように高い所からではなく、底辺から徹底して見る必要がある。私は北朝鮮を訪問したことのある多くの韓国人から平壌で暮らす市民の姿を見た時の印象を聞いた。平壌の小さな野菜市場やホテルの素朴な造りを見た韓国の人々は、そこから飾り気の無さを感じ、韓国では既に消えてしまった何か大切なものがそこには残っていると感じたという。

北朝鮮の女性たちは、韓国のような贅沢はできなくても、化粧をしたり、消費競争のプレッシャーを感じているようには見えなかったという。平壌ではブランド衣類への需要が無い。携帯電話中毒の青少年たち、必要もないものを見せつけて買わせる多くの広告も平壌には無い。その代わり北朝鮮には一九六〇年から七〇年代まで韓国に存在した韓国社会のさまざまな文化、例えば人と人の絆のようなものが残っているように思えた。

韓国の基準で見てはならない

メディアが「専門家」とする人々によって行われている北朝鮮関連のすべての議論は、経済成長、国内総生産（ＧＤＰ）、生活水準、生産など、基本的に消費関連の問題について言及している。このような基準で見ると、北朝鮮は先進国、特に韓国と比べると非常に立ち遅れている。つまり、韓国は北朝鮮が「現代の先進国」になる方法を教える兄になれるという事を意味する。しかし、このようなすべての用語は本質的にイデオロギー的で、主観的である。韓国でのこのような思い込みは、資源を浪費することが肯定的で、積極的に奨励されるべきだという考えに基づいている。また更に、大きくて必要以上に暖房が効いている家に住み、自動車やスマートフォンを所有することが発展だと見なしている。

しかし、この思い込みの根幹となる科学的な根拠は全くない。それらは月に祈れば雨が降る、またはヒルに血を吸わせれば重い病が治る、ということくらい空虚な話である。

北朝鮮が進むべき方向と韓国が成功を収めたことに対する仮説は、イデオロギーや根拠のないものや近代的な神話に基づいている。それに伴う結果として、韓国の人々は、そのような仮説によって挫折感や過度なストレスを感じているにも関わらず、自分たちが成功したと信じて疑わない。

気候変動がこのような速度で進んでいるのを放置する場合、魚介類が滅亡するほど朝鮮半島の沖合の海水温度が上がり、酸性化し、砂漠が拡大するだろう。輸入食品と化石燃料製品の輸出依存度が高い韓国は、絶望的な状況に陥るだろう。

それでは、統一朝鮮半島はどのような選択をするべきだろうか。答えは明確である。エネルギー消費や節約面において、北朝鮮に定着している方法を模索する必要がある。

人類は数万年の間、夜は暗くなくてはならず、エネルギー消費を減らす生活方法を維持してきた。そのような方法に基づき、マンションなど建物の不必要な照明はなくし、ネオンサインのような商業用の建物の電気掲示板はなくし、建物内部の暖房を大きく減らす一方、高い天井やコンクリート、ガラスや鋼鉄、外観などの建物の無駄なデザインを中断すべきである。それを通じて韓国の歴史で長い間、維持されてきた質素でシンプルな伝統に戻らなければならない。

韓国の夜はもっと暗くなるべきだ

韓国の夜はもっと暗くなるべきだ。韓国の都市を照らすためには政府の補助金が支給されている化石燃料の使用が大きな役割を果たしている。これは恐ろしい大気汚染や過渡の燃料輸入費用を発生させる一方、私たちの子どもたちの未来を脅かす地球温暖化を進めるなど、莫大な費用を必要とする事を認識しなければならない。

しかし、より深くて隠された秘密がある。これまで韓国は多くの「開発途上国」とは違い、近代化と発展を成し遂げ、特別だと認められるためには、更なる消費を通じて、成長し続け、発展しなければならないという神話に洗脳されていることである。そのため、数代にわたって近代化が最優先順位として考えられてきた。しかし、化石燃料を消費し、天然資源を浪費することが、生態系を破壊し、子どもたちを苦しめているとしたら、その近代化というのは一体何であろうか。

北朝鮮には、かなり深刻な多くの課題があるが、気候変動に対処する解決策という面で見る時、韓国は北朝鮮の「低い消費」をベンチマーキングする必要がある。私の話が可笑しく、途方もない話にすら聞こえるかもしれない。

しかし、気候変動によって滅亡の危機に晒されるとしたら、このような経済成長の数値に何の意味があるというのだろう。韓国で夜通し明かりを灯す多くの電灯は、発展を象徴するのではなく、我々の子どもたちが将来使うべき電力を奪う犯罪であり、闇に満ちた偽善的な光に他ならない。韓国政府は化石燃料の補助金支給を直ちに中断すべきである。

考えてみよう。今より少し暗い夜を過ごしながら、家族や友人たちと会話を楽しんだり、読書したり、手紙やエッセイを書いて、森を歩いたりしながら過ごすことはできないのだろうか。日常生活の中で演劇や音楽公演をしながら無限に広がる深い意味を見出し、スピリチュアルな経験をすることもできる。スマートフォンのジャングルとスターバックスという檻で使用するプラスチック製のコップをなくすことができるならば、韓国の市民は遥かに豊かな生活を発見することができるはずだ。そのような生活の在り方に関するヒントは、もしかすると反対に北朝鮮の暗闇の夜景社会から見出すことができるかもしれない。

統一朝鮮半島の未来について考える時、近代的で発展したものだけが最高、という危険な考えを打破する必要がある。我々は、人になるという事が何を意味するのか自問すべきである。どのように意味があり、充実した生活を送りながら社会に貢献することができるだろうか。私は北朝鮮の住民が今より自由に生活し、今より栄養のある食べ物が食べられることを願っている。

統一に向かう動きは、韓国と北朝鮮のすべての人々の自由に関するものでなければならない。北朝鮮の市民が安い労働力として利用され、韓国の大企業だけが金儲けすることは許せない。北朝鮮の青少年が消費文化に晒され、スマホ中毒になるような悲劇は避けねばならない。

慶熙大学を去る

二〇一七年十一月、私が慶熙大学を去り、天安にあるほとんど無名の私立大学に移る意向を表明した時、大学の多くの人々は衝撃を受けたようだ。この未知の大学への転出は、慶熙大学内で私が長く疎外されてきた結果といえる。

創立者の死後、慶熙大学は授業料収入、企業が選んだSSCIジャーナルへの掲載、その他の歪んだ成功にますます重点を置くようになった。冷酷な企業と化した慶熙大学は、経済学や国際関係学の授業も、真理の追求というよりは、誤ったイデオロギーの洗脳機関のように見えてきた。気候変動や軍国主義から富の集中、テクノロジーが社会に与える影響に至るまで、重要な問題は授業はおろか、会議や教授同士の会話でも触れることができなかった。

私自身は気候変動や核戦争、そして、アメリカや世界的なファシズム政治がもたらす危険の高まりを目の当たりにし、ますます先鋭化していった。また、そのような脅威に対して他の知識人が沈黙を守っていることに嫌悪感を募らせていた。

私は『中央日報』の寄稿者ではなくなり、収入源となっていたさまざまな講演も途絶えてしまった。また、私の将来は韓国だけではなく、日本や中国にも仕事を広げていこうと考えるようになっていた。ここ数年の日本や中国の動向は、私をこのような解釈へと導いたが、それは結局、その時点では間違いだった。

韓国だけでなく、日本、ベトナム、中国にいる多くの友人がアメリカでチャンスを探すべきだと勧めてくれた。私はより良いポジションをアジアで得るには、アメリカで数年間、過ごすのがベストかもしれないと考え始めた。トランプ大統領（当時）の混乱は私に真のチャンスを与えてくれるかもしれないと思った。

私たちは二〇一九年八月、ワシントンに行けるメトロからほど近いバージニア州マクリーンに家を借りた。

旧友たちとのミーティングを重ね、数週間のうちに可能性のある仕事の手がかりをつかんだ。しかし、それは賭けだった。韓国で得たお金や中国で出版した本の収益、そして、日本からの支援もあったが、決して多くはなかった。

李秀赫《イ・スヒョク》韓国大使は、私を韓国大使館で再び雇用することに興味を示してくれた。私は洪錫仁公使に何度も会い、二〇二〇年一月から勤務することを秘書官とともに確認した。

また、別の友人がソウルからワシントンに来て、私の新しいポジションについて話し合い、私が具体的に何をするのかを記した報告書を求めてきた。私は彼に六ページの報告書を提出したが、それは見事に却下された。

COVID-19で崩れた計画

COVID-19への対策が開始された十二月末から、すべてが崩れ始めた。

二〇一九年十二月以降、ワシントンの環境が人を寄せ付けなくなっても、私は記事を書き続け、人に会い、仕事（翻訳や編集でも）を探した。日本の自衛官からアメリカのロビイストや政府高官まで、幅広い人々が私と一緒に仕事をしたいと思ってくれていたようだ。しかし、支払いの面ではほとんどないに等しかった。韓国大使館や韓米経済研究院からのチャンスは完全に途絶えた。二〇二〇年一月から私は文字通りまったく収入がなくなり、クレジットカードで借金をせざるを得なくなった。前妻のスンウンの情緒不安定も手伝って、彼女は私の知らないうちにさらに借金を増やした。ジョセフ・ナイ教授から日本での就職の可能性について聞いて回ったが、前向きな返事はなかった。

二〇二〇年二月二十二日にワシントンに戻る予定だったが、アメリカには就職口がまったくなく、日本にも就職口がないため、そのフライトをキャンセルして、ソウルに戻ることにした。

私には韓国の伝統文化に深い関心を寄せている友人のナ・ヨンチョルがいて、何年もの間、何度も魅力的な討論会に私を招待してくれた。その時、韓国で私を助けてくれたのは彼だけだった。彼は空港まで迎えに来てくれ、ソウルの北、平倉洞の丘の上にある邸宅のガレージに併設された部屋まで車で送ってくれた。その部屋は韓国のシャーマン（男性）が所有する小さなアパートの隣にあり、必要なだけ滞在していいと約束してくれた。部屋は寒く、暖まるのに時間がかかった。バスルームは凍てつくような門をくぐって隣にあり、炊事もできず、周りに店もなかった。

でも、この界隈はとても快適で、私は駅までの三〇分の道のりを楽しむようになった。二〇〇一年にブッシュ政権に反対した当時に匹敵する規模になりつつある、この新たな危機について考えるために、一人の時間が必要だったのだ。

韓国人について考える

時間が逆戻りするが、私は二〇〇五年二月から、韓国人、韓国政府、韓国メディアと密接に仕事をした。盧武鉉政権が私に韓国大使館で働く機会を与えてくれたので、私としては大変ありがたかった。当時、私は失業中で、私のようにブッシュ政権に反対するアメリカにいる人々は、極めて危険な状況に置かれていた。二〇〇三年から二〇〇六年にかけて、盧武鉉政権が世界で最も開かれた政権であった時期があった。

さらに私は当時出会った知識人、若い学生、ジャーナリストたちが、私と一緒に仕事をし、アメリカと韓国双方の深刻な問題について、率直に語ってくれることに感銘を受けた。

現実的な問題もあった。韓国人は依然として民族的アイデンティティを強く意識しており、韓国人と仕事をしたがる。韓国語が堪能なアメリカ人の私と仕事をするよりも、韓国語が話せない韓国系アメリカ人と仕事をすることを好む韓国人がたくさんいた。彼らはまた、家族や教会を通して働いていた。私の韓国人の前妻は、そのようなネットワーク作りに興味がなかったので、私たちは縁の下の力持ちにとどまった。

私は盧武鉉の周りにいた理想主義的な若い政治家や政府高官たちの腐敗を見ていた。彼らは、国民に奉仕し、アメリカとより平等で誠実な関係を築きたいという願望から、利己的で、自分の

子どもたちを高価なアイビーリーグの学校に入学させようとし、副業として、あらゆる種類のビジネスを立ち上げ、お金を稼ごうとするようになった。最後には、理想主義的なものはあまり残っていなかった。二〇〇三年に韓国が私に与えてくれた希望は、アメリカのオルタナティブ・メディアよりも洞察力に富み、優れた文章で書かれた『マル（말）』のような韓国の雑誌を読んだ時、そして『子ネコをお願い』のような、働く若者たちの生活を驚くほど正確に描いた素晴らしい韓国映画を観た時だった。しかし、韓国文化のマジック・モーメントは長くは続かなかった。一九九六年にソウルで学生だった私が耳にした革新的な地元のミュージシャンたちは、BTSやビッグバンドK-POPに取って代わられ、まともな音楽的実験も行わず、深刻な社会問題にも触れない企業に支配された。ソウルのローカルな音楽とアートシーンは、徐々に大衆商業音楽とアートに破壊されていった。私は性欲と興奮を売り物にする無頓着な消費文化である「韓流」とは決して関わりたくないと思っていた。

私の娘が中学校一年生だった頃、学校はクラスの出し物のために娘に派手なピンクのドレスを着せ、化粧をさせたのを覚えている。私はその演出全体が不快に思えたし、十七歳未満の子どもたちが性的な、挑発的な踊りを踊るべきではないと思った。

しかし、私の周りの韓国人は何の問題もないと思っているようだった。むしろ彼らは、スマートフォンとキャッシュレス社会を受け入れていた。彼らはオンラインニュースを短くて便利なフォーマットで無料で手に入れられることが、韓国がアメリカを凌ぐ先進国である証だと考えていた。こうしたニュースサービスは市民が入手できる情報の質を低下させるだけでなく、若者の集中力を低下させ、深刻で複雑な問題について考える力を低下させ、セックスや食事、興奮、テレビゲームに傾倒させてしまう点にはほとんど理解が及んでいなかった。人間は文字に忠実であるべきで、簡単に操作でき、浅薄な読解や浅薄な理解を助長するようなデジタル・フォーマットからは距離を置くべきだと私は考えている。この考え方に賛同する韓国人は極めて少なかった。半導体やフラットパネルディスプレイの開発に注力することが韓国の長期的な利益につながるのかどうか、私が疑問を呈した時、私は一人になり、人気もかなり落ちた。

日本人と韓国人

韓国人は日本人よりも外国人を友人として、歓迎することができる。私の知っている多くの外国人は、日本人の友人よりも韓国人の友人を作る方がずっと簡単だと言う。

しかし、韓国と日本の両方で長年暮らしてきた私は、この仮説に全面的に同意する自信はない。文化的、人種的アイデンティティに対する深い執着が韓国社会の大きな部分を占めており、日本の若者たちよりも自分の意見を表現するのが多少上手なのは、韓国人に見えるよう若者たちに強いプレッシャーをかけているからだ。

息子のベンジャミンが小学校に入学した時、とても苦しんだ。他の生徒たちは、〝君は韓国人なのか、それともアメリカ人なのか？〟と彼に詰め寄った。まるでベンジャミンがアメリカ人であり韓国人であるために、韓国文化を脅かす存在であるかのように。

息子はアメリカから来たばかりで、韓国語は上手だったが、韓国社会での生活にはそれほど慣れていなかった。彼のアイデンティティを問う韓国人生徒からの嘲笑がトラウマとなり、やがて彼は韓国の学校には通いたくないと思うようになり、韓国社会があまりにも抑圧的だと感じたため、高校でアメリカに戻ってしまった。

韓国人が私のことをそれほど真剣に受け止めてくれて、政府や企業のための講演に何度も招いてくれたり、韓国がどのように発展すべきかについて真摯に尋ねてくれたりしたことを光栄に思った。彼らは私と一緒に仕事をすることを望んでおり、アメリカではありえなかった方法で私の意見を評価してくれていると感じた。

しかし、韓国の大学の教授として、外国人が歓迎されていないことは明らかだった。私と数年以上の雇用契約を結んだことはなく、与えられた役職は常に短期で、権限も予算もなかった。同僚の教授たちは誰も私と共同研究をしたがらず、彼らの多くは外国人が大学にいることが脅威と見なし、明らかに恐れていた。

私が発見したのは、私が外国人であることを気にすることなく、私のアイデアの価値を認めてくれる韓国人がいること、そして、真実と正義に深くコミットしている韓国人がいることだった。しかし、そのような韓国人は雇用や予算を決定する人たちではなかった。

韓国の政治

韓国政治における私の幅広い経験は複雑であり、私にとって決定的な問題は、アメリカ、日本と比較して特定の政党のイデオロギーではなく、人格と価値観だったと感じている。実際、韓国では政党の重要性ははるかに低く、個人的な関係、個人の美徳の方が政治的行動の中心となっている。

二〇〇五年、失業中の私に大使館での仕事を紹介してくれたのは盧武鉉政権だった。しかし、私を採用したのは保守派と思われていた洪錫炫《ホン・ソキョン》大使だった。盧武鉉とは直接会ったことはないが、いい関係だった。彼の周りの人たちともコミュニケーションを取り、アメリカで何をすべきかについてのアイデアも提案した。彼は韓国が経験した大統領の中で最も先見性があり、勇敢な大統領の一人であったと思う。

しかし、進歩的な政治家や進歩志向のNGO関係者、外交官の多くが、私に好意的ではなかった。進歩的な政治家とその支持者の間には、強い反米感情があると思う。つまり、彼らは韓国を理解する思慮深いアメリカ人よりも、保守的で愚かなアメリカの政治家と話をしたいのだ。彼らは、穏健派で危険な道に反対するアメリカ人がいることを誰にも知られたくないのだ。

盧武鉉の信奉者の多くが読んでいた韓国の左派系新聞である『ハンギョレ新聞』は、アメリカの外交政策の最悪の部分を代表するアメリカ人にインタビューするか、アメリカの主流をまだ代表している一握りの適合主義的な「進歩的」学者にインタビューしていたことを覚えている。私は、韓国語もうまく、韓国を本当に理解しているアメリカ人をたくさん知っていたが、進歩的な人たちはこういう人たちに興味を示さなかった。

奇妙なことに、韓国では保守派の人たちの方が進歩派よりも私と一緒に仕事をしたがった。保守派の政治家たちが私のようなアメリカ人を評価したのは、私が政治的バイアスを持たず、韓国とアメリカの関係をより対等なものにするよう訴えていたからだと思う。当時の進歩派の政治家たちは、より対等な関係を求めるのではなく、韓国がいかにアメリカに虐げられているかを示したかったのだ。

いずれにせよ、私が会った盧武鉉政権の関係者は、大使館でセミナーを企画する権限を与えてくれたものの、私と仕事をすることに真剣に興味を持ってくれる人はいなかった。

私は李明博とも、彼の政権ともまったく関係がなかった。当時、大田に住んでいた私は、傲慢で独裁的な学者であり、教授たちと協力して教育を発展させるよりも、ソウルでのロビー活動にほとんどの時間を費やしていた徐南杓《ソ・ナムピョ》韓国科学技術院（KAIST）総長（当時）に代表される李明博政権を目の当たりにした。私が持つ印象は特に良いものではなかった。

ろうそくデモと朴ソウル市長

朴大統領の退陣を求めるろうそくデモを見た時、私は衝撃を受けた。彼女が腐敗した政治に関与していたこと、韓国には悪いところがたくさんあることは知っていた。しかし、彼女に責任を押しつけて刑務所に入れようとするこの動きは、明らかに一般市民の蜂起ではなく、彼女を罰するために裏で組織されたキャンペーンだった。彼女は李明博や文在寅《ムン・ジェイン》よりも腐敗していなかった。私はその過程を見ていて、朴大統領の罪はあまりにもアメリカから独立した外交を進めたことであり、私に助言を求めたことが彼女の罪の一つにされているという結論に達した。

私が一緒に仕事をしたもう一人の政治家は、二〇一一年から二〇二〇年までソウル市長だった朴元淳《パク・ウォンスン》だった。朴はNGO活動家で作家でもあり、二〇年にわたってソウルで市民参加と共同体作りを推進し、NGO「参与連帯」の中心人物となった。私は彼の活動に感銘を受けていた。幸いにも、ある読書会を通じて知り合いになった。

朴市長と一緒に過ごした時間はそれほど長くはなかったが、夜遅くまで何度もメールを交換し、お互いが書いた文章を読み合うなどして親しくなった。彼は政治家だったが、韓国の歴史、そして、ソウルの歴史にとても関心があった。市庁舎の地下にある公共スペースには、ソウルの歴史や十四世紀からのソウル政府に関する本がたくさんあった。それはまさに私が持っていた歴史認識と同じようなものだった。

ソウル市庁の庁舎を改造したソウル図書館の三階には、前世紀のソウルの発展を振り返る小さな展示スペースがある。歴代ソウル市長の写真と略歴を記したパネルが展示されている。

私はソウルが間違った方向に進んでいるとしか思えなかった。ガラスと鉄骨で急いで建てられたオフィスビルとアパートが古い路地を完全に無視し、建物の外装と内装は伝統的な建築を想像することさえできなくさせていた。

ソウルの深層構造は破壊され、市内の中心部にある慶熙宮（けいひきゅう。キョンヒグン）の端に建てられたアパートは伝統的な都市環境に合わず、乙支路二街にそびえ立つ雄大なオフィスビルは、商人や市民に何のスペースも残さず、五百年前から情緒ある村の雰囲気を醸し出していた地域は姿を消した。

COVID-19による市民への規制強化に抵抗していた当時の朴市長が、突然、女性職員へのセクハラで告発され、自殺したという話を聞いた時、私はまったく信じられなかった。彼は政治家としての誠実さのために追い詰められたと確信している。

私にとっては世界で最も自由な国、日本

私が日本での経験について話そうとしたのには理由がある。なぜ日本や日本文化が私の人生において重要な役割を果たしたのか。そして、なぜ世界史のこの重要な時期に、よりによって日本で私が執筆し、スピーチを行い、友人たちとともに、より平和な世界を作ろうとしているのかを、日本の皆さんに理解していただきたいのだ。

アメリカと韓国での三十年間を経て、昨年（二〇二三年一月）、日本に再度来たこと、そしてその年、日本の平和推進に深くコミットする思慮深い日本人女性、河中葉と結婚したことは、決して偶然ではないと感じている。それは二十六年間連れ添った韓国人妻の死後、私の人生が大きく

変化したことにも関係している。おそらくは偶然であろうが、COVID-19以後、日本が世界で最も開かれた国の一つとなり、おそらくは世界で唯一、意見交換が比較的自由で、警察が国民に対して残忍な弾圧を行っていない経済・技術大国となったことの反映でもある。

日本には、平和と調和を重んじる深い伝統と、歴史と文化に対する頑固なまでの愛着があり、それが日本を混沌とした世界における平和のオアシスのような存在にしているのだと思う。

しかし、日本はすべてをオンライン化し、日本をアメリカやイスラエルのような技術全体主義社会にしようとする人々からも攻撃を受けている。彼らは日本の強みを捨て去り、国民を孤立させ、無力化するように設計された技術を取り入れようとしているのだ。

3

東アジア平和構築はこの国から

東アジアの平和を創造し、アジアと世界の平和のための新しいグローバル・システムを確立するために、日本が中心的な役割を果たすことができると私は信じている。なぜなら、政府が民営化されてしまったアメリカとちがって、日本にはまだ政府のようなものが残っており、近隣諸国との関係も維持されているからだ。

例えば、私は日本の警察が市民を助けようとし、地域社会と関わり、本当の責任を感じていることに深い感銘を受けた。アメリカでは、警察があまりにも残忍になり、その多くが民営化されため、警察を呼ぶこと自体が危険だ。市民にとっても危険であることを私は知っている。

先日、妻と一緒に初めてアメリカに行こうとしていた時のことだ。飛行機の搭乗券を発券するのが遅れ、あまり時間がなかった。セキュリティチェックを受けると、妻のバックパックがいきなり没収された。

彼女は前夜、安全のために小さな護身用スプレー缶を持ってバレエのレッスンに出かけていたことがわかった。彼女はそれを取り出すのを忘れていたのだ。アメリカだったら、私たちは間違いなく飛行機に乗れなかっただろうし、罰金、拘留、そしておそらく投獄されていただろう。

しかし、三人の空港保安警備員が妻と一緒に座り、護身用スプレー缶について、どこで買ったのか、なぜ買ったのか、なぜバックパックに入れていたのか、等々質問した。そのうちの一人は、妻が言ったことを事細かにメモし、妻はどの質問にも真摯に答えた。最後まで、彼らが実際に真実を見極め、正しいことを行おうとしていることは明らかだった。

彼らは何が本当に起こっているのかを理解しようと努力していた。一五分後、保安局長が私たちに会いに来て、彼らが話したことに基づいていくつかの質問をし、妻の言葉と彼の個人的な責任感に基づいて、罰金も拘留もなしで妻を飛行機に乗せる決断を下した。

アメリカでは、このような光景は想像もできないだろう。実際、市民との関わり方において、これほど人間的な国はほとんどない。

日本の役割

日本は東アジア、そして世界の平和のための新しいシステムを構築する上で、中心的な役割を果たすことができる。そして、昨年、私が日本に再び来て出会った日本人は、そのための勇気、コミットメント、創造性、リーダーシップを発揮してきた。

しかし、日本が東アジアと世界の平和を創造する上で重要な役割を果たすためには、一方では、アメリカが支配権を掌握した腐敗した政治・軍事システムから日本が独立し、新しい文化、人間関係のための新しいシステム、名目ではなく実際に民主的である新しいアプローチによる統治、真理と知恵に献身する新しい教育システムとジャーナリズム、アメリカの病んだ医療文化の変種ではなく、それに代わる真の医療を、アメリカ人に、そして、世界に提供できるようにならなければならないということである。

富の集中、グローバル金融による社会の支配、市民を愚かにし、日常生活をコントロールするためのテクノロジーの利用が、アメリカだけでなく、どこにでもあるという現実から人々を盲目にさせるような、単純化された反米、反ユダヤのレトリックに陥ることなく、日本はこの消費と経済成長のグローバリズムから、考え方の面でもっと自立しなければならない。

つまり、文化や経済における日本の考え方や社会組織の独立は、中国、ロシア、トルコ、インドに本社を置く多国籍企業や銀行によって支配されてはならないということだ。ロンドンやニューヨーク以外の場所に本社を置くグローバル銀行や企業による偽りの「多極化世界」は、日本に独立をもたらすことはない。米ドルを人民元に置き換えても、日本人が国家と国民の主権を弱体化させるグローバル・システムに閉じ込められたままでは、日本の独立性は高まらない。

日本を偉大な国にするために

「アメリカを初めて偉大に」――アメリカ大統領を務めたトランプのスローガンをもじって、こんな一文を作ってみた。一九三〇年代から一九四〇年代にかけて、東アジアの他国を搾取することで日本企業に利益をもたらした帝国主義的な事業は、フランスやベルギーがアフリカで行ったこと、あるいはアメリカがフィリピンで行ったことよりも悪いものではなかった。しかし、同時に日本帝国主義の搾取システムは、他の帝国のそれよりも優れていたわけではない。

日本は独自の残忍な植民地支配を行ったのであり、日本人はそれを認識し、二度と同じことが起こらないようにしなければならない。私たちは日本で起きたことを認識しなければならない。それは日本だけが悪だからではなく、むしろ日本人は日本の未来に責任があり、日本人は世界的に帝国主義に反対する責任があるからだ。私たちは反対しなければならない新しい形の植民地主義に直面している。

日本人は帝国主義や植民地主義に反対しなければならない。日本人がしていることは、日本だけのことではない。

日本人が明治や昭和を美化し、当時の経済成長が搾取に基づいていたことを無視するのは間違いである。なぜなら、そのような搾取を再び利用することを助長するからである。同様に、日本が世界の貧しい国々と不平等な関係を維持していることを認識せずに、アメリカの外交政策がいかに日本を不当に扱っているかを訴えることは、日本を偉大な国にする可能性を制限することになる。

危険な多国籍IT企業が運営するテクノロジー・ワンダーランドに基づくものではなく、人間的なスケールを持ち、百年持続可能で、人間と地域社会、自然と農業を大切にしてこそ、日本の本当の価値観といえる。日本人みずからが最初の行動を起こさなければならない。

何をすべきか?

日本は日本らしい新しいモデルを打ち出さなければならない。しかもそれは、現代日本社会の最良のものでなければならない。私たちの社会や環境に長期的に悪影響を及ぼす可能性のある半導体工場や、子どもたちの心にダメージを与えるオートメーションやAIではなく、習慣や伝統が地域社会をより人間的で、活力あるものにしているか。日本が科学の分野でどのように優位に立ち続けてきたか。日本の芸術、文学、音楽、哲学が日本をより人間的な社会にしているか。それらのベストを追求していかなければならない。

そのためには、日本の長い歴史の中で何がうまくいったかを注意深く考える必要がある。古代から江戸時代まで、奈良、鎌倉、室町から近現代に至るまで、日本ではどのような政策がうまく機能してきたのか、どのような都市計画や地域計画があるのか、農業や労働に対するどのようなアプローチが新たな可能性をもたらすのか。日本の豊かな伝統のどの部分を再解釈すれば、今の時代に役立つのか。

日本を注意深く見れば、さまざまな宝物を見つけることができると私は信じている。正直で、真実で、公正で、平等主義的な新しい社会を構築する可能性だ。それは伝統を現在のために再解釈することを意味するが、それこそが今なすべきことなのだ。

もし日本人に勇気と想像力があり、排外主義やナルシシズムではなく、人類の未来に貢献する可能性を日本独自の文化に見出すという日本再発見に乗り出すなら、もし日本人が日本を再発見し、再発明する準備ができているなら、私は彼らに加わり、進むべき道を見出す用意がある。

アメリカ大統領は原爆投下に謝罪すべきだ

オバマ大統領が、「伊勢志摩サミット」での日本訪問に合わせ、歴代アメリカ大統領として初めて広島訪問を行った。二〇一六年五月のことだ。この訪問を主要メディアは大きく取り上げた。ワシントンと東京の官僚にとって、オバマ大統領の広島訪問は三幕劇の第一幕だった。まず政府間の良好な関係を強化し、安倍晋三首相を持ち上げる。つづく第二幕は、安倍首相の真珠湾訪問を実現し、真珠湾攻撃に遺憾を表し、それをアメリカメディアが取り上げ、絶賛するという嗜好だ。アメリカの保守派の一部は、オバマ大統領が広島への原爆投下について、日本への謝罪につ

1995年5月　オバマ上院議員の当選を祝うイベントに参加して

ながる言葉を述べるべきではないと語っていた。オバマ大統領は難解な言葉遣いで、核なき世界を実現するという決意を示しただけで、謝罪の言葉はなかった。

しかし、アメリカによる原爆投下は、当時のトルーマン政権の閣僚の多くがその必要性に疑問を持っていたにも関わらず強行されたものであり、モスクワを威嚇すること以外に目的はなかった。そうしたことからも、大統領が当時の意思決定に対して謝罪を行うべき理由はいくつもあったといえる。

私はイリノイ大学に勤務していた時、イリノイを地盤としていたオバマと会ったことがある。オバマは大統領当選後の二〇〇九年四月、プラハを訪問し「核兵器なき世界」についてこう語った。

「本日、私はアメリカが核兵器のない平和で安全な世界を求めるために力を尽くすことを確信をもって表明します。私は甘く考えているわけではありません。この目標は、直ちに達成されるわれでもありません――恐らく、私の生きている間は無理でしょう。この目標を達成するには、根気と忍耐が必要です。だが、我々は今、世界は変わり得ないという声を鵜呑みにしてはならないのです。我々はできる（Yes, we can）と主張せねばならないのです。では、我々が進むべき道について説明しましょう。第一に、合衆国は核兵器のない世界に向けた具体的措置を取ります。わが国は冷戦思考と決別すべく、国家安全保障戦略における核兵器の役割を減少させ、他国に対する同調を促します」

オバマはハーバード大卒ならではの雄弁さによって、大統領就任九カ月にして時期尚早ともいえるノーベル平和賞の受賞という栄誉にあずかった。しかし、彼はその後、核兵器廃絶について何を行ったであろうか。

七十名の学者グループが現在、行われている次世代核兵器の開発と旧世代核兵器の刷新の政策について、オバマ大統領に慎重な姿勢を示すよう求めた。とりわけ彼らは二〇一〇年にプラハで調印された米露の「新ＳＴＡＲＴ」という核軍縮条約の継続のための交渉の再開を求めた。

しかし、学者グループは慎重になるあまり、オバマ政権がその任期が残りわずかな時期にリアルな現実を突きつけることをしなかった。

オバマ大統領には中国やロシアに交渉のテーブルに着くよう促そうとする努力はみられなかった。

アメリカ人としてお詫びした真意

アメリカが広島に原爆を投下して七十八年となる二〇二三年八月六日、YouTubeに投稿した動画の中で私は次のように謝罪した。「アメリカ人として日本人の皆さんにおわびを申し上げます」「原爆を使う必要はなかった」「保有する核兵器を十年以内になくします」とも公約した。

この動画は日本のメディアの注目を集め、朝日新聞も二〇二三年十二月六日の夕刊で取り上げてくれた。タイトルは「被爆国から二〇二三年　～広島・長崎は問う～「謝罪は義務　核廃絶へ発信を」アメリカ大統領選に一時出馬を表明　エマニュエル・パストリッチさん」というタイトルだった。この当時、私は二〇二四年のアメリカ大統領選への出馬を目指しており、大統領候補としての発言だった。

記事の中で私はこう語った。

「アメリカのメディアはどこも、私の発言なんて相手にしてくれませんよ。それでも、大統領を目指すアメリカ人として、原爆投下への謝罪と核兵器廃絶を約束したかったんです。私はアメリカで生まれ、アメリカの教育を受けました。『戦争を早く終わらせるため、仕方なく原爆を投下した』。歴史の教科書に書いてありました。先生もそう説明していたし、深く考えなかった。

大学三年で台湾に留学し、日本統治時代から残る日本の文化に触れました。卒業後に来日し、日本語学校を経て大学院に進みました。専門は日本の近代史。近現代史の本や論文もよく読みました。

第二次世界大戦、朝鮮戦争やベトナム戦争へと続く軍事力拡大―。自分の国に対して、だんだん疑問がわいてきたんですよね。一九九一年、初めて長崎を訪れました。大学院での研究のため、中国文化の入り口だった出島や中華街を調査しました。原爆資料館を見学しました。焼け野原の街。黒こげの人間。「アメリカはこういうことができる国なんだ」。原爆投下は間違っていた。今も核兵器を持っていることは間違っている。その後広島にも行き、思いを強めました。

二〇一六年に現職初の広島訪問を果たした当時のオバマ大統領も、今年（二〇二三年—筆者注）五月に主要七カ国首脳会議（G７サミット）に合わせて訪れたバイデン大統領も、原爆投下について謝罪しませんでした。そうした政府の姿勢はアメリカでは当然と思われているかもしれません。

私の謝罪を過激と批判する人、逆に、勇気があると称賛する人もいるでしょう。でも、私はどちらでもない。自分の義務を果たしているだけです。日本を理解し、犠牲者の痛みを忘れないための謝罪。核不拡散条約（NPT）に参加しながらその約束を守らないアメリカの矛盾に、人々を慣れさせないための謝罪です」。

日米合同委員会を「平和委員会」にすべきだ

私はここ数年、日米合同委員会について発言している。日米合同委員会は一九六〇年に締結された日米地位協定をどう運用するかを協議する、両国の代表者で組織される機関だ。主に在日米軍関係について協議され、政治家は参加せず、日本の官僚と在日米軍のトップがメンバーとして月二回、協議を行っている。この合同委員会は日米地位協定の実施に関する協議を行うものであり、その内容は原則非公開とされている。

問題として指摘されている点は数多い。例えば、合同委員会の議事録や関連文書が公開されないことだ。また、密約を量産させているという指摘もある。さらに、合同委員会の合意事項は日米双方に拘束力を持つものの、具体的な内容が全く公開されず、透明性に問題があるとも指摘されている。

日米地位協定についても説明が必要かもしれない。一九六〇年に締結された日米安全保障条約(新安保条約)に基づき、日本とアメリカ合衆国の間で締結された在日米軍に関する地位協定のことだ。米軍の日本における施設と区域の使用、および日本国内での米軍の地位について、詳細な取り決めを行っている。在日米軍の基地の範囲や扱い、日本国内での米軍の権利と義務などが含まれている。

日米合同委員会に対しては、過去に情報公開を求める訴訟が行われたことがある。外務省に対して一九五二年と一九六〇年の日米合同委員会の議事録を情報公開請求した際、不開示とされたことを巡って行われた。当初は不開示とされた議事録の一部が公開されたため、日米合同委員会の透明性と情報公開についての重要な議論を引き起こしており、日本の政治体制における根幹的な問題を問い直す機会となった。

日本の友人たちとともに、私はこの委員会の廃止を繰り返し訴えてきた。今後の議論のために、二つの提案をしたい。私はこの三十八年間、日米関係に深く関わってきた一人のアメリカ国民として、これらの提案を考えた。提案を作成する過程で、多くのアメリカ人や日本人と相談したことは言うまでもないが、私は誰かを代表してこれらの提案をしているわけではない。

第一に、私は日米平和委員会を設立する。日米平和委員会は、日米合同委員会とはまったく性格を異にする。日米両国の政府高官、軍関係者、専門家、一般市民を集め、日米協力の一環として両国がどのような政策を追求するべきかを議論することで、東アジアそして、世界における永続的かつ実質的な、強固で強靱な平和の促進を第一の目標とすることを明確にするものである。

私はこのような委員会の組織化に協力することを市民に求める。この委員会が現在の日米合同委員会に取って代わることを訴える。

日米平和委員会は、日米両国の憲法に記載されたプロセスと信念に沿って機能し、憲法が定める日米両国の政府機関と直接協議し、両国の政府高官と市民の意見を求め、両国の専門家と協議し、憲法に則った透明で、説明責任を果たす方法で行われる。この委員会には、民間企業、銀行、コンサルティング会社、民間の軍事・情報請負業者、その他の説明責任を果たせない営利機関は一切関与しない。

アメリカ憲法を平和憲法に改正を

第二の提案は、日本国憲法第九条に感銘して考えたものであり、アメリカ合衆国憲法の二十九条修正案として作成した。アメリカの平和へのコミットメントを明確にし、合衆国憲法と独立宣言の本質的な反帝国主義、共和主義、民主主義の重要性を主張する憲法の改正案だ。この提案はアメリカ国民に行うべきであり、日本国民の意見にも注意深く耳を傾けるべきだ。

この修正案は、憲法と独立宣言の精神と意義に従って、際限のない外国の戦争に我々を引きずり込もうとする帝国主義的事業からの独立を主張するために不可欠である。

この修正案は、どのようにすればこの国の変革を実現できるのかについて、真剣に科学的な議論を行うための出発点となるものである。

合衆国憲法修正第二十九条（エマニュエル・パストリッチ案）

「アメリカは、外交および国内政策において平和の追求を第一の目標とし、平和経済を最優先とし、その過程で核兵器を十年以内にゼロにし、他のすべての国にも同様にゼロにするよう要求する。

劣化ウラン弾、地雷、クラスター爆弾、生物兵器、ナノ兵器、電磁波・赤外線兵器、情報戦など、その他の危険な兵器は断固として廃絶する。アメリカは、通常兵器、核兵器、あるいは心理学的、生物学的、ナノテクノロジー的手段によって戦争を遂行しようとする動きに反対する。

米軍は、何百年という単位で計算されるアメリカの長期的な安全保障に焦点を当てるよう再編成され、武器や戦争への短期的な執着をやめ、環境、地球、水、大気の破壊、富裕層や権力者の台頭、市民を操り情報を破壊するテクノロジーの利用、その他、人類の安全保障に対する脅威を防ぐことに専念する。

アメリカ人がアメリカ国外に派遣されるのは、明確に定義された多国間の取り組みのために、透明性があり、説明責任を果たす方法によるものであり、そのような派遣は定められた期間内に限られる」

以上の私の案に対する訂正や提案を歓迎するものである。

この修正案が具体的にどのようなものであるべきか、また、現在、借金、消費、搾取という暗黒の馬によって終末へと引き寄せられようとしている戦争と消費という悪夢の専制政治に取って代わるような、平和と安全保障に特化した国家をアメリカに作るにはどうすればよいのか、議論を進めよう。

アメリカ大統領選に立候補

選挙に立候補すること、特に上院議員や大統領に立候補することは、何年もの間、私の頭の中にあった。初めて公職に立候補しようと思ったのは一九九九年のことだった。イリノイ州で最初に興味を持ったのは、外交ではなく政治だった。

COVID-19のファシズムとアメリカの制度の崩壊を見た時、私はリスクがあまりにも高いので、大統領選に挑戦したほうがいいと思った。政治家として本当の問題に言及したかった。

2020年　6月ソウルで無所属大統領候補者出馬宣言してから記者のインタビュー受ける。

さらに、二〇二〇年一月から始まった私への明らかな政治的迫害を考えると、大統領選に出馬することが唯一の救いかもしれないと考え、また周囲から十分な注目を集めることができれば、という思いもあった。もちろん、民主党や共和党のような犯罪シンジケートを通してアメリカの政界に進出するチャンスはなかったが、候補者として十分な注目を浴び、入念に練られたスピーチを行い、他の候補者ができないような正直な提案をすることができれば、機密扱いで活動が制限されているにもかかわらず、アメリカ、そして、世界中で自分の意見を正確にアピールできると考えた。

私はまだワシントンにいた二月初旬に、十七の綱領からなる最初の大統領立候補宣言を書いた。韓国へ出発する数日前に、そのバージョンをワシントンの友人たちに送った。その後、最初のスピーチを推敲し、韓国で立候補宣言を発表した。

韓国での数週間後、私はようやく生活するのに十分な収入が得られる講演をいくつか行えるようになった。ナ・ヨンチョルを含む小さなグループが、私が無所属でアメリカ大統領選に出馬する可能性に大きな関心を寄せてくれた。韓国・民主党の独立系メディアの社長であるムン・イルソクは、人気サイト『Break News』に掲載された一連の記事やビデオを通じて、私の大統領選の綱領を英語と韓国語で韓国人に紹介するよう手配してくれた。朴大錫《パク・デソク》記者も私に長いインタビューを行った。この取材は、私が待ち望んでいた大きな突破口となり、私は数カ月間で知名度を得ることができた。

このインタビューは二〇二〇年四月七日に英語と韓国語で掲載された。このインタビュー記事は韓国で大きな反響を呼んだ。

ソウル外国人特派員協会で出馬宣言

私のソウルでの選挙戦のハイライトは、六月十五日にソウル外国特派員クラブで行われた正式な出馬宣言だった。立候補表明のために、特派員クラブを確保するのは容易なことではなく、私の努力が支持されたことは疑いない。

李富栄《イ・ブヨン》・元国会議長が演説の前に私を紹介してくれた。私は説得力のある、献身的な声を英語

2022年に作成した大統領選のポスター

と韓国語で出すことに全力を尽くした。少し声が高かったが、成功だったと思う。時間をかければ上達すると思う。

韓国在住中の私のアメリカ大統領選挙運動は、韓国の国内政治に巻き込まれることになった。ワクチン、5G、軍国主義に抗議する韓国人のグループに偶然出会い、私はすぐに彼らの活動に参加した。私は韓国でこのようなグループを見たことがなかったが、韓国人にもこのような分析ができるナイーブさを持つ人々がいたのだ。パンデミック調査委員会と呼ばれるこのグループには、聡明な思想家たちがいた。

以前、韓国で政党を作ろうと友人たちと話し合ったことがあり、二〇二〇年十月に「革命党」を作るというロゴまで作っていた。しかし、私はいくつかの重要なセミナーに招待され、アメリカ大使館で十年ぶりに本当の友人を見つけ、韓国や世界の読者にアプローチする新たな機会を見つけた。以前、私の本の出版を突然中止したグローバル・リサーチ社が二〇二一年一月になって、私の著作に強い関心を寄せてくれた。ウラジーミル・プーチンのウクライナに関する演説に対する二月の私のスピーチは、特にウクライナ語の字幕付きで発表され、プーチンの演説の問題点を指摘したため、幅広い聴衆に届いた。

私が米独、あるいはロシアのどちらの立場にも与しないことを表明したことで、再び注目されるようになった。しかし、世界大戦のリスクの高まりとファシズムの蔓延は、私に多くの困難が待ち受けていることを予告していた。闘いは本質的に同じだった。選挙戦は資金難により挫折した。私は二〇二四年の米大統領選にも出馬したが、この経緯はまた別の機会に語ることにする。

私は十四年間、主に韓国で仕事をしてきたが、深いレベルでは日本に戻り、私にとって大きな意味を持つこの国との絆を取り戻したいと思っていた。

二〇二二年に尹錫悦《ユン・ソンニョル》政権が登場し、軍国主義的で抑圧的な政策、北朝鮮との軍事的対決を選んだ。韓国の大きな変化を経て初めて、私は韓国にとって内輪の人間ではなくなったのである。岸田政権が比較的オープンで柔軟だったこともあり、私は三〇年ぶりに東京に長期滞在することになった。

あとがき

現在、私はアジアインスティチュートという研究所を運営している。四つの課題に焦点を当てている。まずは新しい国際関係の秩序に対する正確な理解を図ることだ。

グローバル化により物理的距離が大きな障害とならず、地球の多種多様な個体が未だかつてない連携の下、活動している。その新たなる国際社会におけるインターネット、外交、言論、貿易、そして、移民の分野で生じている変化の原因を調べ、客観的に分析する。

二つ目は気候変動と環境問題の影響を探る。

三つ目は技術の発展と社会の変化を見極める。日進月歩で発展する技術が我々の社会と考え方にいかなる影響を及ぼしているのか。その技術の発展の背景にいかなる構造があり、社会、経済などにいかなる影響を、目に見えないものも含め、与えているのか。

最後は反知性主義の克服だ。人間は社会的な存在であるが、それがゆえに起こる摩擦を知の獲得によって乗り越えようとしてきた。しかし、昨今は歴史的・客観的な事実を無視して、自分の願望を通して世の中をみるような反知性主義的な傾向が政策決定過程にも及んでいる。大衆に迎合する感情的なポピュリズムが政治の主流となり、長期的な戦略を持ち得ないところに近代民主主義の行き詰まりが現れている。

これら四つの課題は、複雑に絡み合っている。現在の国際政治、経済、安保を理解しようとするならば、これらの関連性を検証すべきであるが、ほとんどの研究機関は、それに触れていない。

近年、アジアは貿易、技術、財政面において、著しい速度で統合されつつある。アジアは知的、技術的、財政的な諸側面において、世界のハブとなりつつある。しかしながら、物流、エネルギーの側面でのアジアの統合が遅れ、加えて文化的、知的な連携も進展していない。このような変化に対し、アジアでは、真の議論が十分になされていないのが現実である。国境を越えてすべての利害当事者が参加してアジアの流れについて分析し、討論を交すことが切実に必要になってきている。

アジアインスティチュートは、これまで二〇〇七年から十七年間、活動してきた。アジアの足かせとなっている長年の問題点を解決するために、従来とは異なったアプローチが必要であると考える。世界において、もはやアジアは経済、知識面での中心となっている。

しかしながら軍備増強、誤った方向への経済成長、生態系の破壊がアジアの巨大な潜在力を抑圧している。アジアインスティチュートはこれらの障害を克服し、現世代を鼓舞させるべく、より大きなアジアの成長ビジョンを示していきたいと思っている。アメリカと日本、そして韓国と中国、さらにはベトナムとモンゴルなどの市民、知識人などの本格的な対話は絶対に必要である。多くの場合は、そうしたシンクタンク間の交流はあるにはあるのだが、シンクタンク運営にはそれを支える人々や組織（多くは企業）が金銭的に支援をしていて、彼らの考えと立場を考えざるを得ない。予算確保は重要だからである。

どんなに小さいゼミであっても、ある企業の支援を受ければ、その企業の立場を反映するようにする。言い換えれば、企業の利益と相反するような話は絶対にできないし、市民と知識人が本当に考えていることと関係ないことばかりが、そのシンクタンクで論じられがちになる。

東アジアの平和秩序作りはそれほど難しいことではない。でも、その対話をするには軍産、多国籍企業、国際投資銀行などから一切、支援を受けてないシンクタンクが必要である。しかし、残念ながらこのようなシンクタンクと大学は存在しない。そのため平和をなかなか作りだせないのである。

アジアインスティチュートはその意味で大きな貢献が可能である。運営資金が欠乏していても、事務所を構えられなくても、無視されようとも、最後の最後まで平和の為に努力するつもりである。

あとがきの後で

トランプの再来と日本の選択

ドナルド・トランプの政権復帰は日本にとって前例のない挑戦であり、おそらく日本人は目覚めるだろう。教養ある日本人はハーバード大学のアメリカ人教授や、ニューヨーク・タイムズ紙やウォール・ストリート・ジャーナル紙の社説や、国務省の日々の投稿に頼ることなく、おそらく数十年ぶりに自分たちの頭で考えることを強いられるかもしれない。このようなアメリカからの繰り返されてきたさまざまな御告げは、一九五〇年代以降、特に一九九〇年代以降、日本の国内政策と外交政策の多くを支配してきた。

日本人が日本は何を求めているのか、みずからの足元を見極めながら正確に摑もうとしてこなかったためである。

ドナルド・トランプはプロレスラーのように考える。彼は複雑な問題を理解することができず、以前ホワイトハウスにいた時は、下から押し寄せてくる恨みや怒りの波の上に乗るサーファー以上の存在ではなかった。しかも、彼はより大きな権力を求めて戦うさまざまな億万長者たち、より大きな利益を求める企業や銀行が生み出す波に乗るサーファーだった。

ドナルド・トランプはアメリカ政府と市民社会が完全に破壊されることを監督し、すべてのサービスを民営化し、アマゾン、グーグル、オープンＡＩ、投資銀行と融合し、イスラエルとの結びつきを強めているその他の多国籍企業のような企業が支配しやすいようにするだろう。彼がどんな良いことをしたとしても、この現実を止めることは難しいだろう。

おそらくアメリカはイスラエルと一緒になって、イランやロシア、あるいはその両方と戦争することになるだろう。日本は丁重に、あるいはそうではない姿勢でもノーと言う方法を学ばなければならない。また、プリンストン大学の有名教授やニューヨーク・タイムズ紙のジャーナリストだけでなく、ドナルド・トランプが考えている危険な政策に反対するアメリカ人とも友達にならなければならない、

おそらくドナルド・トランプは中国と戦争を始め、日本にも参戦を要求するだろう。アメリカは日本に対し、何十億ドルもの無駄な兵器システムを購入するよう要求するかもしれないし、政府や軍事機能の民営化を通じて、日本経済をアマゾン、オラクル、グーグル、マイクロソフトの支配下にさらにしっかりと置くよう要求するかもしれない。

こうした状況に直面した時、日本はノーと言うことを学ばなければならない。そして、アメリカではなく日本としての強固なアイデンティティを取り戻すことによって、ドナルド・トランプの政策に明確にノーと言わなければならない。

個人的には、ドナルド・トランプをアメリカのマスコットにした方がいいと思う。彼の利己的

で、ナルシストで、放縦で、野卑な振る舞いは、アメリカが今どうなっているかを非常に効果的に表している。

カマラ・ハリスは、これまで大統領選に出馬した中で最も無能な人物の一人であり、アイデンティティ政治にとらわれ、ジェンダーや人種に関する議論に没頭するアメリカの知識人の衰退を象徴している。このアイデンティティのナルシシズムは、彼らが真の問題に取り組むことができないことを意味している。その結果、銀行家が牛じる国家にしてしまったのだ。

もしハリスが大統領になっていたとしても、多くの日本人は日本にはない何かを、アメリカが与えてくれるにちがいないという幻想にしがみついていたことだろう。教育を受けた進歩的な日本人の間に見られがちなその種の考え方は危険な神話に過ぎない。

ドナルド・トランプが日本に対して、在日米軍駐留経費を支払うよう不可能な要求をし始めた時、彼が強権的な交渉で既存の貿易協定をすべて拒否した時、そうした行動は、おそらく眠りこけていた日本人の頭にバケツの氷水をかけるようなものになるだろう。

そうなった時、日本人はケネディの時代でも、クリントンの時代でもなく、アメリカがますます腐物になってきていることを認識する機会になるはずである。そして、日本人にもアメリカ人にもアメリカは決して偉大な国ではなかったことを認識する機会にもなるはずである。

これから直面すると思われる危機は、日本人にとって日本の歴史観を取り戻すチャンスになるはずである。この百年で日本はどうなったのか？〝自動車を使い、半導体やスマートフォンに依存し、食料の国内生産を放棄し、遺伝子組み換え作物を採用することによってもたらされた恩恵、そして支払われた恐ろしい代償とは何か？〟大いに考えなければならないだろう。

アメリカ人として私はアメリカの伝統の中で役に立っている部分を代表することができればと願っているが、それは文化の一部でしかない。アメリカが無条件にすべてに役に立っているとは決して言えない。私は今後、日本独自の文化の最良の部分を深く尊重しながら、日本人と接していくつもりである。

私の役割は、日本人がみずからの可能性に目覚める手助けをすること以上にはあり得ない。さらに言えば、私は日本という国が、アメリカが被ったひどい文化的・制度的崩壊から徐々に回復する際に、日本こそがアメリカを助けることができることを願っている。

二〇二四年十一月十五日

エマニュエル・パストリッチ

日米韓で生活し、学んだアメリカ人の魂の履歴

ジャーナリスト　五味洋治

パストリッチさんのことは、私が東京新聞に勤務していた時から知っていた。日本語、韓国語、中国語をあやつり、特に韓国ではベストセラーを書いて、大統領の顧問格として活躍していたからだ。いつか話を聞いてみたいと思っていた。

二〇一九年にソウルでお会いし、こんなコラムを書いた。彼の考えがコンパクトにまとまっているので、再掲しよう。

「島国に戻らないで」

アメリカ生まれのエマニュエル・パストリッチさんは、韓国在住十一年（記事掲載当時）。大学で教える一方、『韓国人だけが知らない大韓民国』という分析本を出版し、韓国でベストセラーになったこともある。

中国文学を学んだ後、東京大学で上田秋成をはじめとする江戸文学の研究に没頭した。「韓国語より日本語の方が、楽に読み書きできます」と話すほど日本語がうまい。

久しぶりにソウルで会ったパストリッチさんは、今度は、日本についての本を書いていると明かした。「大きく変化している東アジア情勢の中で、日本はもっと果たすべき役割がある」とい

う切実な思いからだ。

例として挙げたのが「気候変動への対応」。日本はこの分野での技術力が高い。また「自然と共生する日本人の知恵を、アジアの国々に伝えることも大切」と強調した。

最近の日韓摩擦には、心を痛めている。

自国中心主義が目立つアメリカは今後、東アジアでの存在感が薄れていくと、パストリッチさんは予測する。

だからこそ、「共通点の多い日韓は協力すべきだ。韓国にも問題はあるが、日本の人たちはどんどん内向きになって、『島国』に戻ろうとしているような印象を受けます」。

本は5月ごろ出版予定（この本は『武器よさらば』というタイトルで出版された）だという。2つの国をよく知るパストリッチさんの苦言に、耳を傾けたい。


そのパストリッチさんが、思いがけず日本に居を移して本格的に活動を始めた。なぜそうなったかは本書に詳しく書いてあるので、とりあえずお目通し願いたい。

アメリカ政府の現状を批判するパストリッチさんは、次第に孤立し、職を失ってしまう。パストリッチさんは日本語を究めようと血のにじむ努力を続けてきたが、アメリカの知識層や大学は、日本研究にそう熱心ではないことも本書を通じて分かる。

韓国での生活も、私が想像していたより厳しいものだったようだ。朴槿恵大統領に自分の著書が気に入られ、講演の機会が増える一方、所属していた大学では外国人として異端視されていた。彼の中にあるのは、研究テーマだった「文人」精神だ。高い教養を身につけても、官に属すことなく、世の中の矛盾を鋭く突き、仲間を増やしていく。いままさにそういう毎日を送っていると言っていいだろう。アメリカ大統領選への出馬は、無謀な試みに映るかもしれないが、アメリカを中心とした世界秩序の在り方に疑問を呈するための手段の一つであろう。

そのパストリッチさんから、日本でも本を出したいと相談を受けた。アメリカでの生い立ちや日本と韓国の関わりを書いて欲しいとお願いしてできたのが本書だ。英語や日本語で書かれた原稿を読み、長時間対話しながら整理し、分かりやすい日本語に直すお手伝いをした。まだ、こなれていない部分があるものの、日本研究に人生を賭けた人の魂の履歴として読み応えがある。中でも日本と韓国での経験を踏まえ、日韓関係の大切さに言及している。パストリッチさんならではの深みがある。

また日米同盟の核心でありながら、その内容が極秘になっている日米合同委員会を、平和委員会に切り替え、アメリカの憲法も、日本憲法に習って平和憲法に修正するという提案は、斬新で検討に値する。日本を中心にして東アジアの平和体制を築き上げたいというパストリッチさんの思いが伝われば幸いだ。

エマニュエル・パストリッチ　略歴

アメリカ中西部のセントルイス出身。高校からカリフォルニアに移り、１９８３年サンフランシスコのローウェル高校を卒業、イェール大学に入学（１９８３年）後、中国文学を専攻。１９８５年には、交換留学生として１年間、国立台湾大学に留学。イェール大学卒業後、東京大学に留学し、１９９２年に大学院総合文化研究科比較文学 比較文化専攻修士課程修了。修士論文は「江戸後期の文人・田能村竹田と「無用」の詩画」。１９９２年、アメリカへ帰国し、ハーバード大学東アジア言語文明学科に編入、日韓中小説研究の論文を起草。１９９８年よりイリノイ大学で東アジア言語文学科の助教授、教授として勤務。ジョージワシントン大学、韓国の慶熙大学に勤務。韓国滞在中に書いた『韓国人だけが知らない韓国』がベストセラーとなり、朴槿恵大統領の愛読書として知られる。英語、日本語、中国語で数多くの本を出版。２０２０年２月にも米大統領選の無所属立候補を宣言したが、資金難で選挙運動は中断。２０２３年２月に活動の拠点を東京に移し、アメリカ政治体制の変革や日米同盟の改革を訴えている。２０２３年にはアメリカ緑の党から米大統領選立候補し、キャンペーンを展開。アジアインスティチュート理事長。著書に『武器よさらば：地球温暖化の危機と憲法九条』（東方出版 2019）『コロナ祟りに惑う日本』（デザインエッグ社 2023）『私は悪を恐れない』（同 2020）など。日本近世文学に関する論文も多い。

沈没してゆくアメリカ号を彼岸から見て
――ハーバード大学パストリッチ博士の日韓漂流記

2025年2月25日　初版第1刷印刷
2025年2月28日　初版第1刷発行

著　者　エマニュエル・パストリッチ
発行者　森下紀夫
発行所　論 創 社
東京都千代田区神田神保町2-23　北井ビル
tel. 03（3264）5254　fax. 03（3264）5232　web. https://ronso.co.jp
振替口座　00160-1-155266
装幀／宗利淳一
印刷・製本／中央精版印刷　組版／フレックスアート
ISBN978-4-8460-2494-9